長編小説

# よがり村

葉月奏太



竹書房文庫

目次

※この作品は竹書房文庫のために
書き下ろされたものです。

# 第一章　ふしだら露天風呂

## 1

真崎浩介《まさきこうすけ》は青いツナギにゴム長靴を履いて畔道《あぜみち》を歩いていた。田んぼに張ってある水に、青い空が映りこんでいる。ふと見あげれば、雲ひとつない澄んだ空がひろがっていた。

春の穏やかな風が吹き抜けていく。眩《まばゆ》いばかりの陽光が降り注ぎ、緑が芽吹いた山々を照らしていた。

（草刈りもしないとな……）

浩介は長靴のつま先で、畔道に茂っている雑草の長さを測った。

今は大丈夫だが、まだ伸びるはずだ。耕運機のタイヤが取られるので、今のうちに刈っておいたほうがいいだろう。

三月に入り、そろそろ田植えに備えて準備をはじめている。トラクターなどの農機具を整備したり、資材を確認したり、種苗メーカーと連絡を取ったりと、やることは山ほどあった。

実際の田植えは五月からだが、この準備期間が重要になってくる。なにかあったときは村人たちで助け合うが、甘えてばかりもいられなかった。

ここは岐阜県と富山県の県境付近にある小さな村である。

四方を山に囲まれた静かな場所で、村民のほとんどが稲作に従事している。とはいえ、ブランド米を作るような大規模農業ではなく、人々は自然のなかでのんびり暮らしていた。

浩介は稲作農家の長男として生をうけた。

だが、二十五歳になる今まで、ずっと村にいたわけではない。高校卒業後、大学進学を機に上京して、一度はそのまま東京で就職した。ところが働きはじめて一年が経ったころ、田舎《いなか》の父が病《やまい》に倒れたと連絡があった。

今すぐ命にかかわる状況ではなかったが、しばらく入院生活になるという。しかも、心臓の病気なので、体力が必要な農業をつづけるのは厳しいとのことだった。そこで浩介は実家に戻ることを決心した。

帰郷して一年が経っている。

後悔はしていない。父は半年後に退院したが、再び具合が悪くなって二カ月前からまた入院している。長男ということもあり、いつかこういう日が来ると思っていた。母ひとりに負担をかけるわけにはいかないし、妹を大学に行かせてやりたい気持ちもあった。

とはいえ、迷いがまったくなかったと言えば嘘になる。その一方で、東京での暮しは自分に合わないとも感じていた。

とにかく慣れない農作業は大変だった。これまで手伝いをしたことはあっても、自分で取り仕切るのははじめてだった。

最初はどうなることかと思ったが、近所の人たちが協力してくれた。なんとか一シーズンを乗り切ったことで、これからやっていける自信も芽生えている。ドライな都会暮らしとは異なり、田舎の温かさが身に染みた一年だった。

いつしか農家の生活にすっかり馴染《なじ》んで、今は長閑《のどか》なこの村で暮らすのも悪くないと思っている。

ただ、あまりにも寂《さび》れているため、村の将来が少々不安だった。とにかく若い人が少ないのだ。高校を卒業するとみんな都会に出ていってしまうので、村は年々高齢化が進んでいた。

この村には観光名所がひとつもないため、旅行者が訪れることもめったにない。信号がひとつもなく、いまどきコンビニもなかった。高層ビルなどあるはずもなく、村で一番大きな建物の村役場でさえ二階建てだ。これでは若い人が出ていくのもわかる気がした。

それでも、自分には田舎の穏やかな暮らしが性《しょう》に合っている。農業の楽しさがわかってきたし、自然と触れ合って仕事ができることに喜びすら感じていた。都会に出たからこそ、郷里のよさがわかるのかもしれなかった。

しかし、恋人がいないのは悩みの種だ。将来、結婚相手が現れるのか考えると不安になってしまう。

それでも今は、田植えの時期を前にしてやる気になっていた。

浩介は家の隣にある倉庫に向かうと、トラクターの整備に取りかかった。

バッテリー液の補充やエンジンオイルの交換、ラジエーター液のチェックなど基本的なことばかりだが、しっかりやればそれなりに時間がかかる。手を抜いて故障でもしたら田植えができなくなるので、これも大切な仕事のひとつだった。

「浩介くん、ちょっといいかい」

声をかけられてはっとする。作業に没頭しているうちに、いつの間にか時間がすぎていた。

振り返ると倉庫の前に、村長の柴田源三郎《しばたげんざぶろう》と見知らぬ女性の姿があった。

村長は小太りで頭はすっかり禿《は》げあがっている。今日は茶色の背広を着て、いかにも人のよさそうな笑みを浮かべていた。

村に戻ってきた一年前、村長にはなにかとお世話になった。家業を継ぐことを喜んでくれて、村人たちに協力するように呼びかけてくれた。父が倒れた直後、村長が手伝いを申し出て、自ら田んぼを耕してくれたこともあったという。

もうすぐ還暦を迎えるが、とにかく村のために一所懸命で、みんなからも信頼されている。一度も悪い噂を聞いたことがなかった。

「村長さん、こんにちは」

浩介は作業の手を休めて挨拶した。

軽く頭をさげながら、村長の隣に立っている女性を見やった。

村の者でないのはひと目でわかる。洗練された都会的な美貌で、いかにも仕事ができそうな雰囲気を漂わせていた。濃紺のスーツをまとっており、黒のパンプスを履いている。切れ長の涼しげな瞳で浩介のことをじっと見つめていた。

年は三十過ぎといったところだろうか。春の日差しの下で、ダークブラウンのふんわりした髪が輝いていた。

ジャケットの胸もとが大きくふくらみ、腰は服の上からでもわかるほどくびれている。ナチュラルベージュのストッキングに包まれたふくらはぎはスラリとして、足首はキュッと細く締まっていた。

(もしかして、この人が……)

村長と約束した日だということを忘れていたわけではない。ただ、女性が来るとは思っていなかった。

「思ったより早かったですね」

昼すぎと聞いていたので、まだのんびり作業をしていた。

村長に頼まれたのは一週間ほど前のことだった。

東京から商社の人が来るから会ってほしいと言われていた。詳しい内容はわからないが、真崎家が所有している裏山のことで話があるらしい。あの裏山をどうしたいのか、まったく見当がつかなかった。

「こちらが、この間お話しした商社の方だよ」

村長が紹介すると、隣の女性がすっと名刺を差し出してきた。

「はじめまして、菱丸《ひしまる》商事の沢井《さわい》です」

「あ、どうもご丁寧に」

受け取った名刺には「沢井麻美《あさみ》」と書いてある。肩書きは「営業部企画課課長」となっていた。

浩介は名刺を持っていない。口頭で簡単に自己紹介すると、彼女は目をまっすぐ見つめたままうなずいた。

「沢井さんは、お若いのに課長さんなんだよ」

村長が場を盛りあげるように語りかけてくる。すると、それを聞いた麻美が静かに首を振った。

「そんなに若くありませんよ。もう三十三ですから」

「いえいえ、お若いじゃないですか。その年で課長さんなんてご立派です」

確かに村長の言うとおりだ。男女平等が叫ばれて久しいが、実際にそうなっているとは思えない。そんななか三十代前半で女性が課長を務めているのだから、よほどのやり手なのだろう。

「ひとり身ですから、仕事しかすることがないんです」

麻美は謙遜《けんそん》してつぶやくが、瞳の奥には自信が満ち溢れていた。

自分の仕事に誇りを持っているに違いない。浩介が東京で働いていたときは、この手の女性に会ったことがある。概して野心家で上昇志向が強く、目的を達成するためには手段を選ばないタイプだ。

(ちょっと苦手だな……)

それが第一印象だった。

いったいどういう話があるのか、無意識のうちに身構えてしまう。村長に頼まれたから無下にはできないが、正直なところ気乗りしなかった。

「今日はお時間を取っていただき、ありがとうございます」

麻美はあらたまった様子で丁重に頭をさげてくる。やけに堅苦しい雰囲気が、事の重大さを物語っているようだった。

「こちらには今日、到着されたのですか?」

村長が笑顔で語りかける。おそらく場の空気を和《やわ》らげようとしたのだろう。すると麻美は表情を変えることなく落ち着いた声で答えた。

「昨日の夕方です」

村に宿泊施設がないので、隣町の民宿に泊まっているという。

東京からは北陸新幹線と在来線を乗り継ぎ、さらに一時間ほどバスに揺られなければならない。待ち時間も含めると六時間近くかかるので前日から来ているのだろう。とにかく、よほど大切な話があるに違いなかった。

「そうですか。遠いところ、お疲れさまです」

村長は笑顔を崩さないが、浩介はとまどいを隠せずにいた。

「裏山のことで、お話があるとか……」

我慢できずに切り出すと、麻美は微かに表情をほころばせる。しかし、瞳の奥には意志の強そうな光が宿っていた。

「ええ、そうなんです。田植え前のお忙しい時期だとうかがっています。こんなときに押しかけて申しわけございません」

「いえ、まだそれほどでも……」

低姿勢でこられると、きちんと話を聞かなければという気になってしまう。村長の手前、適当に追い返すわけにはいかなかった。

「とりあえず、お茶でも淹《い》れますからあがってください」

倉庫の隣にある家に、麻美と村長を案内した。

父は入院中で、母は見舞いに行っている。一日置きに病院に通い、身のまわりの世話をしていた。妹は高校生なので、この時間は家に誰もいなかった。

「大きなお宅ですね」

玄関の前で麻美が感心したようにつぶやいた。瓦屋根の古い平屋だが、東京とは違って田舎なのでそれなりの広さがあった。

「この村では普通です。土地だけは無駄にありますから」

「でも、どこかにお宝が眠っているかもしれませんよ」

麻美が意味深につぶやいた。唇の端に浮かんだ笑みが気になって仕方なかった。

浩介はふたりを居間に通して、座布団を勧めた。

曾祖父《そうそふ》の代から住んでいる古い家だ。畳は張り替えて掃除もしてあるが、日に焼けた廊下や細かい傷のある柱に歴史が滲《にじ》んでいた。

「素敵ですね」

広い居間を見まわして麻美がつぶやく。半分は本気で、半分は相手の気持ちをほぐすためのビジネストークだろう。浩介も東京で営業職に就いていたので、それくらいのことはわかった。

浩介はいったん台所にさがった。お茶の用意ができて居間に戻ると、村長と麻美が談笑していた。

「どうぞ」

湯飲みを座卓に置き、浩介は彼女の向かい側に腰をおろした。

「いただきます」

麻美は澄ました顔で緑茶をひと口飲んだ。

村長は浩介の隣に座っている。どこまで知っているのか、なにやら落ち着かない様子だった。

浩介もじりじりしながら待っていると、ようやく麻美が口を開いた。

「今回は裏山のことでご相談があっておうかがいしました」

あらたまった言葉に緊張感が高まった。

この家の裏手に真崎家が所有する山がある。だが、現在は放置されており、過去に活用したこともないはずだ。子供のころから入ってはいけないときつく言われていたため、浩介もどうなっているのか知らない。母がたまに山菜を採りにいくが、決して奥まで入ることはなかった。

「裏山になにかあるんですか？」

「じつは温泉が出るんです」

「……は？」

寝耳に水とはこのことだ。使い道がないと思っていた裏山から温泉が出るとは初耳だった。

「それも、かなり良質な温泉です」

麻美の表情は確信に満ちていた。

そんな調査をいつしたのだろうか。このあたりに温泉はない。どうして裏山から温泉が出るとわかったのか不思議だった。

「弊社は温泉成分から入浴剤を作り、商品化することを考えています」

「温泉から入浴剤？」

「はい。販売方法は、最初はネット通販からはじめる予定です。そしてタイミングを見て、いずれは全国のドラッグストアに卸すことになるでしょう。さらにはアジアを中心に市場を拡大して――」

「ちょ、ちょっと待ってください」

浩介は慌てて口を挟んだ。

突然すぎて頭がついていかない。温泉が出ることも知らなかったのだ。入浴剤を製造して販売する話など現実感がなかった。

「よくわからないんですが……」

「単刀直入に申します。裏山をお譲りいただきたいのです」

「譲るって、売るってことですか？」

浩介が聞き返すと、麻美は力強くうなずいた。

「いきなり、そんなことを言われても……」

「そうですよね。突然のことで驚かれていると思います。でも、村にとっても決して悪い話ではないはずです」

麻美の言葉に、それまで黙って聞いていた村長が反応する。座卓に身を乗り出すようにして口を開いた。

「先日、お電話でおっしゃっていた話はどうなりましたか？」

「温泉街の件ですね」

彼女はさらりと語るが、またしても気になる単語が飛び出した。温泉街とはいったいどういうことだろうか。

「入浴剤を売り出すと同時に、弊社のリゾート開発部と協力して、この村に温泉街を作ることも検討しています」

浩介にもわかるように麻美が説明してくれる。隣では村長が満面の笑みを浮かべて何度もうなずいていた。

「先に役場でも話を聞かせてもらっていたんだ。温泉街ができれば、一気に村おこしになるんじゃないかって」

「はい。温泉街の計画は、リゾート開発部が責任を持って対応させていただきます」

麻美が微笑を浮かべて答えると、村長は興奮を抑えられない様子で浩介の肩に手を重ねてきた。

「すごい話だよね」

村は過疎化が進む限界集落だ。若者の流出がとまらないなか、村長はなんとかしようと奮闘してきた。今回の件は願ってもない話なのだろう。

「温泉とは夢のようだよ。ねえ、浩介くん、そう思わないか？」

「え、ええ……」

浩介は曖昧《あいまい》にうなずくことしかできなかった。

麻美を信用していいのか迷いがある。調子のいいことばかり言っているが、そんなに上手《うま》い話があるだろうか。しかし、舞いあがっている村長を見ると、水を差すようなことは言えなかった。

「今、裏山は使っていないんですよね？」

「ええ、そうですけど……」

「でしたら、ぜひお譲りいただけませんか。弊社にとっても大きなプロジェクトになります」

具体的な数字までは提示されなかったが、通常の査定よりも高く買い取ってもらえるという。冷静に考えても悪い話ではなかった。

「でも、急な話だし、俺ひとりでは決められません。入院中の父にも相談しなくちゃいけないし」

土地の名義は父親になっている。いずれにせよ、この場で簡単に返事ができる話ではなかった。

2

その日の午後、浩介は軽トラを運転して隣町の病院に向かった。

父のベッドは六人部屋の窓際だ。浩介が病室に入っていくと、丸椅子に腰かけていた母が先に気がついた。

「あら、浩介、なにしに来たの？」

「なにって、親父の見舞いに来たんだよ」

平静を装《よそお》ったつもりだが、なにかおかしいと思ったらしい。母は気を利かせて病室から出ていった。

「おまえが見舞いに来るなんて、雪でも降るんじゃないか」

ベッドに横たわっていた父がつぶやいた。

水色の入院着のせいか、やけに弱々しく感じる。再入院してから二カ月が経ち、体の調子はよくなっていると聞いていたが、本当に大丈夫なのか心配になった。

「これ、母ちゃんに剝《む》いてもらって」

近くの果物屋でりんごを買ってきた。レジ袋の中身を見せてテーブルに置くと、父はうれしそうに笑った。

「ありがとな、あとで食べるよ」

さらりと礼を言われてドキリとする。いつも素っ気なくて、なにをしても感謝された覚えがなかった。

(本当は具合が悪いんじゃないのか?)

気になってさりげなく顔色を観察する。だが、特別悪そうには見えない。どちらかといえば、前回見舞いに来たときより、血色がよくなっている気がした。

「で、なにがあったんだ?」

父の方からうながしてくる。なにか話したいことがあって浩介が訪ねてきたことを見抜いていた。

「じつはさ、東京から商社の人が来たんだよ」

体調が悪そうだったら話さないつもりだった。しかし、父の様子を目にして大丈夫だろうと判断した。

「うちの裏山を買いたいって言うんだ。温泉が出るらしいんだよ」

浩介は先ほど麻美から聞いたことを包み隠さず話した。とりあえず自分の意見はいっさい入れず、事実だけを淡々と伝えることに徹した。そして、父の率直な意見を聞くつもりだった。

「まだ金額の話はしてないけど、かなり高く買ってくれるみたいなんだ」

すべてを話し終えるまで、父はいっさい口を挟むことなく黙りこんでいた。横になったまま、むずかしい顔で天井の一点をにらんで動かなかった。

「親父はどう思う？」

浩介が意見を求めると、父は静かに息を吐き出した。

「ダメだ」

たったひと言、やけに低い声だった。

なにか裏山を活用する予定があるのだろうか。それなら無理に売る必要はないが、浩介はなにも聞いていなかった。

「切り開いて農地にするとか？」

「いや」

またしても短くつぶやいただけで、それ以上の説明はない。なぜ売らないのか、理由がまったくわからなかった。

「使わないなら売ってもいいんじゃないかな。しかも、高く買ってもらえるチャンスなんて滅多にないしさ」

「金の問題じゃない」

「でも——」

「先祖代々受け継いできた山だ。なにがあっても絶対に売らないぞ」

一方的に反対するだけで、いっさい説明しようとしない。それきり父は目を閉じて黙りこんでしまった。

取りつく島もないとはこのことだ。理由がわからないので釈然としない。浩介としても納得できなかった。

使っていない裏山を買ってくれるのなら、それに越したことはないと思う。父の入院費が必要だし、妹を大学に行かせるのにも金がいる。さらには温泉が出れば村が活性化すると村長も喜んでいた。

それなのに、父はこちらに背中を向けて横たわっている。まるですべてを拒絶するような態度だった。

（なんだよ……）

詳しく話してもらえないのが腹立たしい。これ以上追及しても無駄な気がして、浩介は黙って病室をあとにした。

翌日の午前中、再び村長と麻美が訪ねてきた。

麻美は隣町の民宿に連泊して、今日の午後の新幹線で東京に戻るという。

昨日と同じように居間で向き合い、父に猛反対されたことを報告した。隣で村長が肩を落とすのがわかり、申しわけない気持ちになった。

「そうか、お父さんは反対か……」

「すみません。理由はよくわからないんですけど」

浩介が頭をさげると、村長は気を取り直したようにつぶやいた。

「いや、気にしなくていいよ。裏山は真崎家の所有だからね……ただ、夢を見てしまったから……」

村おこしを考えていた村長にとって、落胆は大きかったようだ。ところが、麻美は眉ひとつ動かすことなく、まっすぐ見つめてきた。

「お父さまが反対されているのはわかりました。でも、浩介さんも反対されているわけではないですよね」

「えっ……まあ、そうですけど」

突然、名前で呼ばれて困惑する。実際のところ、浩介としては売ったほうがいいとさえ思っていた。

「浩介さんにとっても、村にとっても、決して悪い話ではないはずです。諦めずに可能性を探っていきましょう」

麻美はまったく引きさがる様子がない。それどころか、こうなることを予測していたかのように話しはじめた。

「とりあえず試し掘りだけでもさせてもらえませんか。温泉の成分を調査して、いい結果が出れば、お父さまの考えも変わるかもしれません」

確かに一理ある。現時点では温泉が出るといっても、どれほどの価値があるのかわからない。結果によっては父を説得する材料になるだろう。

「なるほど、それはあるね」

村長が食いついてきた。先ほどまで落ちこんでいたのに、なんとかなるかもしれないと前のめりになった。

「裏山から出る温泉の素晴らしさを説明すれば、お父さんもわかってくれるんじゃないかな。浩介くん、どうだい？」

「ううん……でも、せっかく手間をかけて調査してもらっても、父が首を縦に振るとは限りませんよ」

「そのときは別の方法を考えます。まずは試し掘りをさせてください。調査協力費もお支払いいたします」

「調査協力費？」

「大切な土地を掘らせていただくことになるので、その代価です」

それは願ってもない話だった。

じつは父の入院が長引いているため、家計が苦しくなっていた。入院費をどうやって捻出しようか困っていたのだ。正式な売買契約を結ばずに金が入ってくるとは思いもしなかった。

「最終的に売らないことになっても、このお金を返す必要はありません。あくまでも調査をさせてもらったことに対する謝礼とお考えください」

「それはいい話じゃないか。ねえ、浩介くん」

村長も乗り気になっている。まだ村おこしを諦めたわけではないようだ。わずかな可能性にかけたいのだろう。

「……じゃあ、とりあえず試し掘りだけなら」

浩介はじっくり考えて、麻美の申し出を受けることにした。

売買契約を交わすわけでもないし、父に許可を取る必要はないだろう。せっかく体調もよくなってきたようだし、余計な心労をかけたくなかった。

「ありがとうございます。では、東京に戻ったら、さっそく調査の計画を立てたいと思います」

麻美は微かに口角をあげて頭をさげた。

なにやら、彼女の思うとおりになっている気がする。完全に信用しているわけではないが、調査協力費はありがたかった。

## 3

試し掘りを了承してから二日後、裏山に調査チームが入って採掘がはじまった。

このことは父にはもちろん話していない。母と妹には役場からの要請で地質調査があるらしいと曖昧に伝えていた。とりあえず、調査協力費をもらって、父の入院費に充《あ》てたかった。誰かに反対されるかもしれないので、詳しい内容は自分の胸にだけ留めておいた。

そして二週間ほどすぎたころ、倉庫で作業をしていると麻美が訪ねてきた。

「こんにちは。お久しぶりです」

この日も濃紺のスーツをまとっているが、足もとはパンプスではなく、なぜか白のスニーカーだった。

「どうも……」

浩介が怪訝な顔をすると、彼女は口もとに笑みを浮かべた。

「出ましたよ、温泉。まだ簡易検査の段階ですが、かなり良質の成分が検出されています」

珍しく弾《はず》むような口調だった。

東京からわざわざ調査に来ているのだから、費用もそれなりにかかっているに違いない。いい結果が出ないと困るのだろう。読みが当たったことで、ほっとしているようだった。

「そうですか。それはよかったですね」

一応そう答えたが、浩介としては特別な感慨はない。父の頑なな態度を思い返すと、やはり裏山を売るとは思えなかった。いくら良質の温泉が出たといっても、なにも変わらない気がした。

「少しお時間よろしいですか。一度現場をご覧になっていただきたいのですが」

「いえ、別に俺は……」

「土地の所有者の方に確認していただく必要があるのです。お父さまの代理として立ち会ってもらえませんか」

そう言われると断れない。すでに調査協力費として金も受け取っているので、確認するのが筋だと思った。

「わかりました。ちょっとここで待っていてください」

いったん家に戻ると、母に出かけてくると告げた。

試し掘りのことは秘密なので、友人の家に行くと嘘をついた。少し心が痛むが、父の入院費を確保できたのだから仕方のないことだった。

麻美は倉庫の前で待っていた。

夕日であたりがオレンジ色に染まるなか、スーツ姿で佇《たたず》む彼女は眩《まぶ》しかった。ゆるやかに吹き抜ける風が、ダークブラウンの髪をなびかせている。この田舎では見かけることのない洗練された女性だった。

「お待たせしました」

「それでは行きましょう」

麻美が背中を向けて歩きはじめる。浩介は彼女のすぐ背後をついていった。

倉庫の脇から裏山に入り、雑草が生い茂る斜面を登っていく。頭上を木の枝が覆っているため薄暗かった。

しかも、普段人が足を踏み入れないので道がない。雑草のなかに石が転がっていることもあり、とにかく歩きにくかった。

(だから、スニーカーだったのか)

前を歩く麻美の足もとを見て納得する。浩介はゴム長靴なので問題ないが、パンプスでは歩けるはずがなかった。

（それにしても……）

先ほどから麻美のヒップが目に入っていた。

歩を進めるたび、左右にプリプリ揺れている。タイトスカートが張りつめて、尻たぶの丸みがはっきりわかった。裾《すそ》から覗いているナチュラルベージュのストッキングに包まれた太腿《ふともも》も、むちっとして触り心地がよさそうだ。

（どこを見てるんだ……）

自分を窘《たしな》めるが、ついつい視線が吸い寄せられてしまう。

なにしろ田舎なので、彼女のように美しくてスタイル抜群の女性に出会うことはまずなかった。

「もう少しです」

麻美が振り返ることなくつぶやいた。

斜面が緩やかになり、やがて平らになった。まだ山の中腹あたりだが、少し開けた場所になっていた。そこを奥に進むと岩肌が剝き出しになった斜面が見えてくる。まさかここを登るのだろうか。

（これはいくらなんでも……）

そう思ったとき、不意に麻美が立ち止まった。

「あれです」

彼女の視線の先には、木製の小さな小屋が建っていた。まったく色褪せていないので、ごく最近造られたのは間違いなかった。

「なんですか？」

つい訝るような声になってしまう。試し掘りをするとしか聞いていない。あの建物はいったいなんだろうか。

「簡易浴場です」

「そんなもの勝手に――」

「温泉成分の分析はもちろんですが、実際に入浴してみないとわからないこともありますから」

押しの強い麻美の言葉に、浩介の声は掻《か》き消された。

そう言われてみれば確かにそうかもしれない。温泉で一番大切なのは、実際に入ったときの感覚だろう。

小屋を造る資材は作業員が担いであがったという。人が頻繁《ひんぱん》に裏山を出入りしているのは知っていたが、試し掘りだけではなく、まさかたった二週間ほどで簡易浴場を造りあげるとは驚きだった。

「温泉はあの洞窟《どうくつ》の奥から引いています」

麻美が再び歩きはじめたのでついていく。すると、小屋のちょうど向こう側の岩肌に、かがまなければ入れない高さの洞窟があった。

「これも掘ったんですか？」

「いえ、これは最初からあったものです。この洞窟の奥深く、約百メートル先で温泉が湧いています。それをパイプで外まで引いているんです」

なるほど彼女の言うとおり、グレーの塩ビパイプが洞窟から小屋に向かって伸びている。このなかを洞窟の奥から引いた温泉が流れているのだろう。

「本格的な温泉施設を建設するときは、もっと太いパイプで引くことになります。これはあくまでも調査用です」

「そのことなんですが、多分、父は――」

「とにかく一度入ってもらえますか。源泉掛け流しのすごくいい温泉なんです。素敵な露天風呂で疲れもとれますよ」

麻美が小屋のドアを開けて、しきりに勧めてくる。なかに入ってみると、簡易ながら脱衣場も用意されていた。発電機で明かりも確保されている。真新しい木の香りも心地よかった。

「へえ……意外としっかりしてるんですね」

「温泉施設のシミュレーションも兼ねていますから、それなりに予算をかけて造りこんであります」

それを言われると心苦しくなってしまう。なぜかはわからないが、父は裏山に執着している。説得したところで聞く耳を持つとは思えなかった。

「沢井さん、申しわけないんですが——」

「試しに入ってください。お話はそれからでも」

「い、いや、でも……」

「タオルも用意してありますから、さあどうぞ」

麻美は決して引きさがろうとしない。プロジェクトにかける思いが滲み出ているような押しの強さだった。

あくまでも仮の浴場なので、内風呂はなく露天風呂だけだという。実際に温泉施設を造るときは内風呂も作ることになっているらしい。かなり具体的なところまで話は進んでいるようだった。

「わたしは隣の休憩室にいます」

脱衣所のすぐ隣が休憩室で、リクライニングチェアが置いてある。麻美はそこで待っていると言って脱衣所から出ていった。

（まいったな……）

脱衣所にひとり残された浩介は困惑していた。

結局、押し切られる形で温泉に入ることになってしまった。

どんどん断りにくい雰囲気なっている。おそらく、これも彼女の作戦だろう。しかし、いくら浩介を取りこんだところで、父がその気にならなければ裏山を売ることはできない。麻美はそれをわかっているのだろうか。

（まあ、せっかくだから……）

裏山からどんな温泉が出たのか、少し興味が湧いてきた。売る売らないは別にして、とりあえず入ってみることにした。

脱衣所には籐《とう》の籠《かご》が置いてあった。そこに真新しいフカフカのバスタオルが用意されていた。最初から浩介を温泉に入れるつもりだったのだろう。

（やっぱり、やり手だな）

浩介は苦笑を漏《も》らしながらツナギとTシャツを脱ぎ、ボクサーブリーフをおろして裸になった。

奥のガラス戸を開けると、そこは露天風呂になっていた。

あたりは湯気でうっすらと白くなっている。硫黄《いおう》の匂いが漂っていて、温泉気分が盛りあがった。浴槽は大きな岩をいくつも組み合わせた岩風呂だ。簡易的なものとはいえ、家庭用の湯船よりもずっと大きい。ひとりで入るには充分すぎる広さだった。

パイプを流れてきた温泉は、浴槽のなかに直接注がれているようだ。岩風呂の縁から常に湯が溢れており、床を音もなく流れていた。

これを二週間ほどで造ったのだから驚きだ。このプロジェクトにかなりの力が入っているのは間違いなかった。

周囲は木の板で囲まれており、床は平らな岩が敷きつめられている。照明器具が設置されていないのは計算されてのことだろう。脱衣所のガラス戸から漏れてくる明かりが、露天風呂をぼんやり照らしていた。

いつの間にか日が落ちており、いい雰囲気になっている。浩介は湯船の縁にしゃがみこむと、木製の桶《おけ》を使って湯をすくい体を流した。そして温泉に浸かり、ゆっくり肩まで体を沈めていった。

「おお……」

思わず低い声で唸《うな》っていた。

少し熱めの湯が心地いい。疲れた体にじんわり染み渡っていくようだ。両手で湯をすくって、顔をバシャバシャと流した。

「ふぅっ……これはいい」

独りごとをつぶやき、大きな岩に寄りかかった。

ふと夜空を見あげると、頭上には無数の星が瞬《またた》いていた。普段、意識して星を見ることなどまずなかった。こうして温泉に浸かりながら眺めてみると、なかなか風情があっていいものだ。

(温泉なんて久しぶりだな……)

身も心も癒される気がする。

まさか自分の家の裏山で温泉に入れるとは思いもしなかった。しかも露天風呂とは最高だ。温泉の効能は聞いていないが、体が芯から温まりそうな気がした。

本格的な温泉施設を建設すれば、本当に村おこしになるかもしれない。どうせ裏山は放置してあったのだ。このままにしておくなら、温泉として活用したほうが村のためになると思った。

しかし、父が裏山を手放すだろうか。

昔から頑固な性格だ。売らないと口に出した以上、そう簡単に意見を変えるとは思えなかった。

それにしても、正直これほど素晴らしい温泉が出るとは驚きだ。父もこの温泉に入れば考え直してくれるのではないか。そんなことを思いながら極上の温泉をゆっくり楽しんだ。

しばらくすると、なにやら下半身がむずむずしてきた。

急激に体が温まったせいだろうか。ちょっとした刺激でペニスがふくらみそうな気配があった。

リラックスしている証拠かもしれない。考えてみれば田舎に戻ってからの一年、忙しすぎて性欲など感じている暇はなかった。農家の仕事を覚えるのが大変で、跡継ぎとしての責任も強く感じていた。

(でも、今日くらいは……)

たまにはゆっくりする日があってもいいだろう。

こうして温泉に浸かっていると、疲れがじんわり溶けだしていくようだ。それと同時になぜか欲情して、ついにペニスがむくむくふくらみはじめた。

そのとき、物音がしてはっとする。脱衣所のガラス戸が開いて、身体に白いバスタオルを巻いた麻美が姿を見せた。

# 4

「さ……沢井さん？」

浩介は温泉に浸かったまま身動きできなかった。

いったいなにを考えているのだろう、麻美は髪をアップにまとめて微笑を浮かべていた。乳房はバスタオルで隠されているが谷間が覗いている。しかもタオルの縁が食いこんで、双《ふた》つの乳房が柔らかくひしゃげていた。

「いかがですか、いい温泉でしょう」

麻美は声をかけながら歩み寄ってくる。

バスタオルがかろうじて股間を覆っているが、太腿は付け根近くまで大胆に露出していた。むっちりと肉づきがよく、歩を進めるたびにタオルの裾が少しずつずりあがる。気になって、ついつい視線が吸い寄せられてしまう。

「な、なにをしてるんですか？」

懸命に平静を装って声を絞り出す。だが、視線は逸らせないままだった。

麻美は浴槽の前でしゃがむと、桶で湯をすくって肩にかける。ザーッという音が露天風呂に響き渡った。

「わたしも、ごいっしょさせてください」

まったく躊《ちゅう》躇《ちょ》する様子もなく、麻美は湯船に入ってくる。バスタオルを取ると同時に裸体を湯のなかに沈めていった。

見えそうで見えないところがもどかしい。湯の表面が揺れているため、女体がぼやけてよくわからない。浩介は岩に背中を預けた状態で、彼女の姿をずっと目で追っていた。

麻美は乳房の上まで湯に浸かり、ゆっくりこちらへ移動してくる。そして、浩介の隣まで来ると、並んで岩に寄りかかった。肩が触れそうなほど距離が近い。この状況で意識するなというほうが無理な話だった。

(もしかして、色仕掛けか?)

裏山の売買契約を結ぶために誘惑しているのかもしれない。しかし、浩介を誑《たぶら》かしても、父を説得しないと売ることはできなかった。

「何度も言ってますが、俺じゃなくて親父を――」

そのとき、麻美がすっと身体を寄せてきた。

肩が触れたと思ったら、温泉のなかで腕を組んでくる。乳房が腕に密着して、柔らかく形を変えるのがわかった。

「なっ……」

思わず言葉を失って隣に視線を向ける。すると、麻美も浩介の目をじっと見つめていた。

「今はなにも考えずにこのお湯を楽しみましょう」

囁くような声だった。

あのクールな美女が微笑を浮かべて、乳房を腕に押しつけてくる。ただでさえふくらみかけていたペニスは、ついに湯のなかで完全に屹立《きつりつ》した。

(や、やばい……どうすればいいんだ)

理性の力で抑えこもうとするが、気持ちはどんどん高揚していく。温泉で血行がよくなったせいだろうか。男根はさらに野太く成長して、かつて経験したことがないほどそそり勃《た》っていた。

「ううッ!」

突然、麻美がペニスを握ってきた。湯のなかで彼女の指が、太幹にしっかり巻きつけられていた。

「ちょ、ちょっとなにを……」

「大きくなってますね」

麻美はまるで硬さを確かめるように、肉胴にまわした指にキュッ、キュッと軽く力をこめてくる。そのたびに甘い刺激が全身を駆け抜けて、反射的に両脚がつま先まで突っ張った。

「や……やめてください」

「浩介さんは独身ですよね」

ペニスを握ったまま麻美が語りかけてくる。湯のなかで身体をぴったり寄せて、意識的に乳房を腕に押しつけていた。

「それとも、決まった女性がいるんですか？」

「そ、そういうわけでは……」

「それならいいじゃないですか。独身同士、楽しみましょう」

「ま、待ってくださ――くううッ」

ペニスを擦られると、呻《うめ》き声をこらえられない。

いったいどうなってしまうのだろう。流されてはいけないと思いつつ、頭の片隅では期待がふくらんでいく。なにしろ都会的な美女が裸体を寄せて、ペニスを握りしめているのだ。とてもではないが冷静でいられなかった。

「さ……沢井さん」

呼びかける声が震えてしまう。鼻息も荒くなり、勃起した男根がピクッと跳ねるのがわかった。

「こ、こんなこと……されても……」

理性の力を振り絞ってつぶやくが、彼女の手を振り払うことはできない。股間の疼きが全身にひろがり、いつしか頭の芯まで痺れはじめていた。

「ほんのお礼です。試し掘りをさせてもらったことの。どうかお気になさらずに」

「い、いや、でも……」

「お背中を流しましょうか」

麻美がペニスから手を離して立ちあがる。濡れた裸体が露《あら》わになり、浩介は両目をカッと見開いた。

（おっ、おおっ！）

艶《なま》めかしい女体に圧倒されて腹のなかで唸った。

たわわに実った乳房が重たげに揺れている。釣鐘形のたっぷりした柔肉は、温泉で温められて淡い桜色に染まっていた。乳首は濃い紅色で、先端から湯が滴《したた》り落ちている。血行がよくなったせいか、乳輪ごとドーム状に隆起していた。

（これが、沢井さんの……）

もう視線をそらすことなど考えられなかった。

腰は見事に締まっており、魅惑的な曲線を描いている。尻がむっちりと張り出しているため、なおさら腰が細く見えた。恥丘は黒々とした陰毛で覆われている。湯で濡れた縮れ毛が、まるでワカメのように地肌に張りついていた。

「こちらにいらしてください」

麻美は恥ずかしげに肩をすくめるが、裸体を隠すことなく浩介の手を取った。そして、立ちあがるようにうながして岩風呂のなかを歩きはじめた。

浩介は呆気に取られながらついていく。三十三歳の熟れ切った女体を見せつけられて、もう抗《あらが》うことができなかった。

浴槽からあがり、浩介と麻美は向かい合って立っていた。

三月の夜はまだ冷えるが、温泉で火照《ほて》った体にはちょうどいい。ふたりの体から湯気が立ちのぼり、暗い空へと消えていった。

「わたしにまかせていただけますか」

麻美は洗い場に置いてあったボディソープを手に取り、手際よく泡立てていく。そして、泡まみれになった手のひらを、浩介の胸板にそっと押し当てた。

「んぅっ……」

ヌルリと滑る感触に、思わず小さな声が漏れてしまう。彼女の手のひらは首筋まで這いあがり、鎖骨《さこつ》を撫でながら両肩へと流れていく。そこから胸板に戻り、ゆっくり円を描きはじめた。

「いかがですか？」

麻美が囁きかけてくる。至近距離から目をじっと見つめて、両手を大きく動かしていた。

「く……くすぐったいです」

泡で滑る感触がたまらない。身をよじってつぶやくと、麻美は唇の端に笑みを浮かべてを目を細めた。

「でも、くすぐったいだけじゃないですよね」

大胸筋を撫でまわし、ときおり指先で乳首をかすめてくる。軽く触れただけでも電流に似た快感がひろがり、全身がピクッと反応した。

「うッ……」

「ふふっ、声が出てますよ」

麻美は楽しげに指摘すると、今度は手のひらで乳首を転がしてくる。ボディソープの泡を塗りつけるように、じっくりやさしく擦りあげてきた。

「くッ……そ、そこは……」

「乳首が硬くなってきましたよ」

そう言うなり身体を寄せて、乳房を胸板に押しつけてくる。正面から抱きつく格好になり、肌と肌が密着してヌルリと滑った。

「背中を洗いますね」

腋《わき》の下から両手を背中にまわしこみ、手のひらで撫でまわしてくる。乳房も擦れるため、身体の前後から甘い感覚が湧きあがった。

「さ、沢井さん、もう大丈夫ですから……」

「まだ終わってませんよ」

麻美が腰をくねらせると、彼女の下腹部に触れていたペニスが刺激される。ゆるゆると摩擦されて、たまらない快感がひろがった。

「こっちも綺麗にしましょうね」

彼女の手のひらが脇腹を撫でながらさがっていく。体の前にまわりこみ、臍《へそ》の下の陰毛に到達する。さらには雄々しく反り返った肉棒に巻きつき、泡をたっぷりまぶしてきた。ただでさえ昂《たかぶ》っていたところに刺激を与えられると、もう平常心を失いそうだった。

「そ、そこは自分で……」

「遠慮なさらないでください」

ペニス全体が泡に包まれて、麻美のほっそりした指が茎胴をゆるゆると擦りあげてくる。絶妙な力加減で締められると、それだけで快感が押し寄せて腰に小刻みな震えが走った。

「くううッ！」

急激に昂り、頭のなかが熱く燃えあがる。彼女の指がカリ首に差しかかり、腰がビクンッと跳ねてしまう。すると、カリ首ばかりを集中的に刺激して、さらなる快感を送りこんできた。

「こういう段差のところは、とくに綺麗にしたほうがいいですよね」

もっともらしいことを言いながら、泡のヌメリを利用して指を滑らせている。そこがとくに敏感な場所だとわかっているのだろう。彼女の手つきは洗っているのではなく愛撫に他ならなかった。

「そ、それ以上は……」

尿道口に透明な汁が盛りあがっている。カリを執拗に刺激されて、ついに我慢汁が流れ出した。

「ううッ……うむッ」

もうまともに言葉を発することができない。浩介は男根を擦られてどうすることもできず、ただ洗い場に立ちつくしていた。

「ああっ、すごく硬くなってます」

麻美もうっとりした様子でつぶやき、亀頭を手のひらで包みこんだ。もう一方の手は竿《さお》をシコシコしごいている。ボディソープの泡をたっぷりまぶして、男根の先端と茎胴を同時に愛撫されているのだ。先走り液がとまらなくなり、頭の芯まで痺れるほど気持ちよかった。

「も、もう……ううッ」

思わず両足のつま先を内側にぐっと曲げた。

これ以上されると暴発してしまう。そう思った直後、麻美はペニスからすっと手を離した。

「じゃあ、泡を流しますね」

桶で湯をすくうと浩介の肩にかけてくる。何度も繰り返すことで、体中の泡がすべて流されていった。

しかし、ペニスはこれでもかと屹立したままだ。先端からは我慢汁が滾々《こんこん》と溢れており、亀頭全体にしっとりひろがっていた。性欲を煽《あお》るだけ煽られて、お預けを喰らわされた気分だ。

「もう一度、温まりましょうか」

麻美は自分の身体についた泡も流すと、濡れた瞳で語りかけてくる。そして、またしても浩介の手を取り、岩風呂へと入っていく。大きな岩の前まで行くと、彼女はゆっくり振り返った。

「ねえ、浩介さん」

息がかかる距離で名前を呼ばれてドキリとする。ねっとり潤んだ瞳で見つめて、両腕を浩介の首にまわしてきた。

「さ……沢井さん」

もうこれ以上我慢できない。発射寸前のところで焦《じ》らされて、かつてないほど欲望がふくれあがっていた。

「お、俺……もう……」

頭の片隅ではまずいと思っている。だが、異様なまでに興奮している。理性では抑えられないほど欲情していた。

麻美の顔が近づいてくる。浩介の首にぶらさがるような格好で、柔らかい唇がそっと押し当てられた。

「浩介さん……ンンっ」

ついにキスをしてしまった。

蕩《とろ》けるような唇の感触に陶然《とうぜん》となる。キスをするのなどいつ以来だろう。麻美は長い睫毛《まつげ》を伏せて、そっと唇を密着させてきた。

心のなかではいけないと思っているが、浩介も両手を彼女の腰にまわしてしまう。くびれた曲線を撫でまわし、ついにはぐっと引き寄せていた。

「あンっ……」

麻美は小さな声を漏らすと、舌を伸ばして口のなかに差し入れてくる。浩介もすぐに応じて、自ら舌を絡ませていった。

「うむっ」

「はンっ……あふンっ」

互いの吐息が唇の間を行き来する。身体をぴったり密着させて、舌の粘膜を擦り合わせた。

麻美が舌をやさしく吸いあげてくる。自然と浩介の唾液が流れこみ、彼女はうっとりした様子で嚥下《えんげ》した。

浩介も柔らかい舌を吸引して、甘い唾液を啜《すす》り飲む。ディープキスを交わしたことで欲望が加速している。さらに気分が高揚して、いきり勃ったペニスが彼女の柔らかい下腹にめりこんでいた。

「ああっ、硬くて熱いのが当たってます」

喘ぐようにつぶやき、麻美が片手を股間に伸ばしてくる。太幹に指を巻きつけて、しっかり握りこんできた。

男根を軽くしごきながら、左足を湯船の縁の岩に乗せる。これで麻美は膝を九十度近く曲げて、股間を晒《さら》した格好になった。思わず視線を向けると、脱衣所から漏れてくるわずかな光が彼女の大切な部分を照らしていた。

(み、見えた……沢井さんのアソコが見えたぞ)

浩介は思わず生唾《なまつば》を飲みこんだ。

赤々とした陰唇がはっきり見えている。二枚の肉襞《にくひだ》がヌラリと光っているのは、湯で濡れているせいだけではないだろう。割れ目から溢れ出している華蜜が、恥裂全体に行き渡っているに違いなかった。

女陰は物欲しげにウネウネと蠢《うごめ》き、さらなる愛蜜を分泌させている。白い内腿にもべっとりと付着して、たまらなそうに腰をくねらせていた。

「わたし、もう……」

麻美は切なげな瞳で見あげながら、男根を自分の股間へと導いていく。そして、張りつめた亀頭を自ら女陰に押し当てた。

「あンっ……ほしいの」

「さ、沢井さん……」

浩介の欲望はもうとっくに限界まで高まっている。ここまで挑発されて我慢できるはずがなかった。

「ぬおおおッ！」

そのまま股間を突きあげるようにして亀頭を埋めこんでいく。向かい合って立った状態での挿入だった。二枚の陰唇を内側に巻きこみながら、ペニスがずっぷり突き刺さった。

「はあああッ、お、大きいっ」

女体が弓なりに仰《の》け反り、膣口《ちつこう》が急激に収縮する。カリ首を締めあげられて、濡れそぼった膣襞がいっせいに絡みついてきた。

「ううウッ、す、すごいっ」

熱い媚肉に亀頭が包みこまれる。強烈な快感の波が押し寄せて、理性が一気に押し流された。

「おおッ……おおおッ」

さらに男根をねじこみ、根元まで完全に埋没させる。ふたりの股間がぴったり密着して一体感が高まった。

「ああッ、浩介さんが奥まで……」

麻美の裸体が小刻みに震えはじめる。立位で奥まで貫かれたことで、身体に力が入らなくなったらしい。よろけて背後の岩に寄りかかった。

「し……締まる」

膣壁が波打ち、ペニスをさらに引きこもうとしている。その女壺の動きが刺激となり、快感がどんどん高まっていく。居ても立ってもいられず、浩介は最初から全開で腰を振りはじめた。

「そんなに締めつけられたら……おおおッ」

くびれた腰を両手でつかみ、真下から股間をぶつけていく。長大な肉柱を出し入れして、華蜜を湛《たた》えた女壺を思いきり掻きまわした。

「あッ……あッ……い、いきなり、ああッ」

麻美も刺激を欲していたのだろう。浩介の尻に両手をまわしこみ、ピストンに合わせて股間をしゃくりはじめた。

足もとの湯がバシャバシャと音を立てている。露天風呂でセックスしていると思うと、なおさら気分が高揚していく。空を見あげれば星が瞬いている。山を吹き抜ける風も、今は興奮を煽り立てる材料だった。

「くうッ、さ、沢井さんっ、おおおッ」

腰を振るスピードが自然と速くなってしまう。愛蜜の量がどんどん増えて、結合部分はぐっしょり濡れている。湿った蜜音が耳にすることで、さらに抽送《ちゅうそう》速度がアップした。

「おおおッ……おおおおッ」

「ああッ、ああッ、い、いいっ、いいわっ」

浩介が呻くと麻美の喘ぎ声も大きくなる。相手が感じているとわかるから、ふたりは同時に高まっていく。息を合わせて腰を振り、本能のままに男根と女壺をヌルヌルと擦りまくった。

「はああッ、お、奥、奥がいいのっ」

「も、もう、ううッ、で、出そうだっ」

「あああッ、出して、奥にいっぱい出してくださいっ」

もう腰の動きがとまらない。麻美の声が引き金となり、ペニスを根元まで叩きこむと同時に精液を噴きあげた。

「くおおッ、で、出るっ、ぬおおおおおおおッ！」

女壺の奥深くで男根が跳ねまわる。股間をぴったり密着させて、熱い媚肉の感触を味わいながら射精の快楽に酔いしれた。

「はあああッ、あ、熱いっ、あああッ、あぁあああああああッ！」

麻美もアクメのよがり声を響かせる。絶頂の波に呑《の》みこまれて、女体が大きく仰け反った。乳房がタプタプ弾み、くびれた腰に震えが走る。膣が思いきり収縮して、男根を奥へ奥へと引きこんだ。

射精の快感で四肢の先まで痺れている。理性も麻痺して、もうなにも考えられなくなっていた。

(こんなに気持ちいいなんて……)

久しぶりのセックスだった。思いきり腰を振りまくり、驚くほど大量の精液を放出した。ザーメンが駆け抜けたことで尿道がひくついている。絶頂の余韻が全身に色濃く漂っていた。

それなのに、まだペニスは萎《な》えることなく隆々と反り返っている。蜜壺のなかで硬度を保ち、まだ最深部をグッと圧迫していた。

（どうして……）

たっぷり射精したのに、なぜか勃起状態が持続している。

満足しなかったわけではない。いや、むしろかつてないほどの快楽で、充分すぎるほど満足していた。

「ああンっ、まだ硬いです」

麻美が甘い声でつぶやき、腰を艶めかしくくねらせる。根元まではまっているペニスが刺激されて、またしても愉悦《ゆえつ》が押し寄せてきた。

「そ、そんなことされたら、また……」

我慢できずに再び腰を動かすと、麻美が蕩けた顔で見つめてくる。そして、唇のまわりを舌先で舐《な》めまわした。

「ねえ、今度は後ろからしてください」

どうやら彼女もまだ発情しているらしい。そういうことなら遠慮をする必要はないだろう。浩介はいったんペニスを引き抜くと、麻美の身体を後ろ向きにして岩に両手をつかせた。

（こうなったら、徹底的に……）

頭のなかが熱く燃えあがっている。異様なほど欲情しており、もうセックスすることしか考えられなかった。

彼女のむっちりした尻たぶを割り開き、赤々とした割れ目を剝き出しにする。陰唇の隙間から、白濁液がドロリと逆流していた。そこに亀頭を密着させると、体重をかけるようにして押しこんだ。

「あううぅッ、浩介さんのやっぱり大きいっ」

麻美の頭が跳ねあがり、獣《けもの》じみた喘ぎ声が迸《ほとばし》る。汗ばんだ背中が弓なりに反り返り、自ら豊満なヒップを押しつけてきた。

「くおおおッ」

浩介も呻き声を響かせて、一気にペニスを埋めこんでいく。

立ちバックでの挿入だ。あっという間に根元までつながると、彼女の尻たぶを押し潰す勢いで股間をぴったり密着させた。

「あああッ、お、奥まで……」

両手の爪を岩に立てて、麻美が女体を震わせている。硬く張りつめた肉柱で串刺しにされたことで、快楽に酔っているのは間違いない。女壺の奥から新たな愛蜜が溢れ出し、亀頭をしっとりと包みこんでいた。

「こんなに濡らして……ううッ」

動かずにはいられない。くびれた腰をしっかりつかみ、興奮にまかせて最初から全開でペニスを抜き差しする。亀頭が抜け落ちる寸前まで後退させると、勢いをつけて根元まで叩きこんだ。

「ああッ、い、いきなり……あああッ」

麻美が困惑した声を漏らすが、構うことなく腰を振る。しょっぱなから激しいピストンを繰り出し、本能のままに女壺を抉《えぐ》りまくった。

「おおおッ、おおおおッ」

浩介が腰を打ちつけるたび、彼女の熟れた尻が、パンッ、パパンッという小気味いい音を響かせる。湯が弾《はじ》ける音も重なることで、ますます気分が盛りあがった。亀頭を最深部まで打ちこみ、カリで膣壁を擦りたてた。

「ああッ……ああッ……は、激しいっ」

昂った喘ぎ声を振りまき、麻美がさらに尻を突き出してくる。結合が深まり、膣の締まりが強くなった。

「くおおッ、す、すごいっ」

こらえきれない呻き声が溢れ出す。無数の濡れ襞が太幹の表面を這いまわり、蜜壺全体が猛烈に収縮する。抽送速度が自然とアップして、ひたすら快楽だけを求めつづけた。

彼女の背中に覆いかぶさり、両手を前にまわして豊満な乳房を揉みあげる。柔肉に指をめりこませてこねまわし、乳首を指先で摘《つ》まんで転がした。

「ああンっ、それ、ダメぇっ」

どうやら乳首が感じるらしい。こよりを作るように刺激すれば、彼女の喘ぎ声はいっそう高まった。

「あッ……あッ……む、胸ばっかり」

「し、締まってきましたよ」

乳首の愛撫に連動して、女壺がキュウッと反応する。愛蜜の量も増えており、結合部分から響く湿った音が大きくなった。

「くううッ、こ、これは……」

太幹をギリギリと締めあげられて、射精欲が一気にふくれあがる。とっさに奥歯を食い縛《しば》り、尻の筋肉に力をこめて耐え忍ぶ。その一方で、さらに勢いをつけて腰を振りまくった。

「こ、浩介さん、いいっ、すごくいいのっ」

麻美が蕩けきった顔で振り返る。あのクールなキャリアウーマンが愉悦に溺れて、唇の端から涎《よだれ》まで垂らしていた。

「お、俺もです、沢井さんっ」

絶頂の波が迫ってくる。男根と女壺がひとつに溶け合うような感覚に酔い、一心不乱に腰を振りまくった。

「くううッ、も、もう……うううッ、もうっ」

「ああッ、いいっ、いいっ、あああッ」

気分がいよいよ高まっていく。ふたりは息を合わせて腰を振り合い、再び絶頂の大波に呑みこまれた。

「おおおッ、で、出るっ、出る出るっ、くおおおおおおおおおおッ！」

腹の底から雄叫《おたけ》びが噴きあがる。後ろから女体を抱きしめて、ペニスをできるだけ奥まで押しこんだ。

媚肉がもたらす快感にどっぷり浸り、思いきり精液を放出する。悦楽の嵐が吹き荒れて、視界がまっ赤に染まっていく。女壺のなかで男根が跳ねまわり、限界までふくれあがった欲望を解き放った。

「あああッ、気持ちいいっ、ああああッ、またイクッ、イクううッ！」

麻美もよがり声を響かせて、瞬く間に昇りつめていく。背中を反らして尻を突き出し、腰をガクガク震わせた。

ふたりはほぼ同時に達して、身も心も蕩けそうなエクスタシーを共有した。

ようやく絶頂の発作が収まると、浩介は麻美の乳房を揉みながら、うなじにキスをした。麻美がゆっくりと振り返り、どちらからともなく唇を重ねて、舌を深く絡ませた。

（ああ、最高だ……）

現実とは思えない快楽だった。

まだペニスは女壺に埋まった状態で口づけを交わしていた。

満天の星空の下、女性とつながっているのだ。試し掘りをした温泉に入るだけのつもりだった。それが、まさかこんなことになるとは思いもしなかった。

「ううっ……」

男根がズクリと疼いた。

驚くべきことに、ペニスはまだ硬度を保っている。蜜壺のなかで依然屹立しており、先端は最深部に到達していた。

「あンっ……素敵です」

麻美が喘ぎまじりにつぶやき、くびれた腰をくねらせる。膣壁がウネウネと波打ち、太幹を絞りあげてきた。

（なんだこれは……どうなってるんだ？）

浩介のペニスは、まだやる気に満ちている。たっぷり精液を放出したにもかかわらず、まだ興奮状態が持続していた。

「ねえ、浩介さん、まだできるでしょう？」

甘ったるい声だった。

麻美は濡れた瞳を向けたまま、尻をゆらりゆらりと前後に揺らす。そうすることで男根が出入りして、女壺のなかを掻きまわした。

「お、俺、まだ……」

二度も射精して満足したはずだった。それなのに、なぜか欲望が収まらない。体が熱くて、下腹部がむずむずしていた。

特別性欲が強いわけではない。人並みだと思っていたが、今日は無限に力が湧きあがってくるようだ。ペニスは鉄棒のように硬く、気分も高揚したままで、いっこうに醒《さ》める気配がなかった。

「もう一度……」

浩介は彼女の腰をつかみ直すと、力強いピストンを開始した。

# 第二章　あこがれ妻の自慰

## 1

翌朝、浩介は自室で目を覚ました。

和室の中央に敷いた布団に横たわったまま大きく欠伸《あくび》をして、寝惚《ねぼ》け眼《まなこ》をゴシゴシ擦った。

（よく寝たな……）

まだ頭がぼんやりしている。とりあえず体を起こして伸びをした。

昨夜、麻美と関係を持った。

まさかセックスすることになるとは思いもしなかった。彼女の見事なまでの裸体は瞼《まぶた》の裏にしっかり焼きついている。普段はクールなのに、あれほど乱れるとは驚きだった。

今日、麻美はいったん東京に戻ると言っていた。温泉の成分をさらに詳しく分析するとともに、入浴剤の製品化についてや温泉街の計画などを会社で話し合うという。

裏山を売却できるかどうかは父の一存にかかっている。

しかし、麻美は浩介と関係を持ったことで有利に交渉を進められると思っているようだ。実際、浩介としても無下にできない気分になっている。先ほどから、なんとかして父を説得できないかと考えていた。

(すっかり乗せられちゃったな……)

結局三回もセックスしてしまった。

今ごろになって後悔の念がこみあげていた。

どうしてあれほど興奮したのだろう。三度目も女壺の奥で盛大に射精して、気が遠くなるほどの快楽を味わった。それでも昂りは完全に収まらず、まだセックスできそうな感覚が残っていた。

だが、さすがにこれ以上はまずいと思って家に帰り、麻美も宿泊している隣町の民宿へと戻った。彼女はレンタカーを借りていて、自分の運転で隣町と村を行き来していると言っていた。

自宅に戻ってからも、いっこうに興奮が醒めなかった。横になっても妙に目が冴えて、明け方近くまで起きていた。三度も射精して疲れているはずなのに、気分が高揚してなかなか眠れなかった。

(昨日はどうしちゃったんだ……)

欲望はふくらみつづけて、無限に射精できそうなほど昂っていた。

それだけ麻美が魅力的だったということだろうか。しかし、それも今ひとつ納得がいかない。確かに彼女は美人だが、だからといってあそこまで興奮するだろうか。首をかしげながら部屋を出て、居間へと向かった。

「あら、やっと起きてきた」

母が顔を見るなり嫌みを言ってくる。なにやら忙しそうにしながらもお茶を淹れてくれた。

「お味噌汁、温めるわよ」

「うん……ところで梨子《りこ》は？」

居間に妹の姿が見当たらない。座卓には浩介の箸《はし》しか出ていなかった。

「何時だと思ってるの、もう出かけたわよ」

そう言われてはじめて気がついた。すでに午前十時をまわっている。田植えがはじまったら、こんな寝坊は絶対にできなかった。

「お母さんは病院に行ってくるからね」

味噌汁とご飯、それにシャケの塩焼きを座卓に並べると、母は出かける準備をはじめた。

やはり今日も父の見舞いに行くという。母はいつも自分で車を運転して病院に通っている。そのせいでセダンはすっかり通院用になっており、浩介は仕事用の軽トラばかり乗っていた。

父はだいぶ回復しているのでそれほど行く必要はないと思うのだが、どうしても世話を焼きたいらしい。とくに仲がよかったわけでもないが、いざ病気となると父の様子が気になって仕方ないようだった。

「お父さんに伝えたいことある？」

急に聞かれてとまどってしまう。

もしかしたら、裏山のことを言っているのだろうか。しかし、母の様子はいつもと変わらない。麻美と関係を持ったことはばれていないようだ。そもそも東京から商社が来ていることなど、詳しい話は伝えていなかった。

「別になにもないよ。どうせ、もうすぐ退院でしょ？」

試し掘りの謝礼金で、父は六人部屋から個室へと移っていた。万が一、入院が長引いたとしても、支払いは当面問題なかった。

「あんた冷たいね。なにかあるでしょ。息子が心配してるって聞いたら、お父さん、すごく喜ぶんだから」

「なんだそんなことか……」

お茶を飲みながらつぶやくと、母の眉が吊りあがった。

「なんだじゃないでしょ。お父さんを元気づけたいと思わないの？」

「この前行ったとき、めちゃくちゃ元気だったじゃないか」

裏山のことを相談すると、父は猛烈に反対した。あれだけ元気があるのだから、すぐに退院できるだろう。

「じゃあ……体に気をつけるように言っておいて」

「伝えておくわね。お父さん、きっと喜ぶわ」

母はやけにうれしそうだ。長年連れ添った夫婦とはこういうものなのだろうか。そそくさと準備をして、病院へと出かけていった。

浩介はひとりで遅めの朝食を摂ると、食器を台所に片づけた。

今日はトラクターのエンジンをかけて、軽く動かしてみるつもりだ。不具合が見つかれば、今のうちに直しておかなければならなかった。

部屋に戻ってツナギに着替える。そして廊下に出たとき、玄関の引き戸がガラガラと開く音が響いた。近所の人が訪ねてきたのだろう。東京とは異なり、訪問者が玄関を開けるのは普通だった。

「ごめんくださぁい」

女性の声が聞こえた瞬間、顔を見るまでもなく藤代由紀《ふじしろゆき》だとわかった。

「はーい」

浩介は返事をしながら、思わず早足で玄関に向かっていた。

すると、玄関にはやはり由紀の姿があった。焦げ茶のフレアスカートを穿き、クリーム色のVネックのセーターを着ている。開け放たれた引き戸から差しこむ日の光が、長い黒髪を艶々《つやつや》と照らしていた。

小さな箱を身体の前で抱えている。菓子折のようだった。

「コウちゃん、おはよう」

由紀が微笑を浮かべながら語りかけてくる。少し目尻がさがったやさしげな瞳で見つめられて、浩介は密かに胸を昂らせた。

「おはよう」

平静を装って答えるが、少し早口になってしまう。気持ちを落ち着かせようと、小さく息を吐き出した。

由紀は浩介の初恋の人だ。四つ年上で小さいころはよく遊んでもらった。面倒見がよくてやさしいので、両親が田植えや収穫時期で忙しいときなど、よく川や山などに遊びに連れていってくれた。

ずっと由紀のことが好きだった。成長するに従い、姉のように慕う気持ちが、いつしか淡い恋心へと変わっていた。告白する勇気はなかったが、ずっと彼女のことしか見えていなかった。

だから、由紀が四年前に結婚したときは、少なからずショックを受けた。しばらく食事が喉を通らないほどだった。夫も昔から近所に住んでいて、よく知っている人だというのが二重のショックとなっていた。

結婚したとはいえ、今でも好きな気持ちは変わらない。二十九歳になった由紀は、清楚でいながら人妻の色香もほのかに漂わせていた。

「休憩中？」

「うん、まあね」

本当は寝坊したのだが、話を合わせて休憩していたことにする。今でも憧れている女性に格好悪いところを知られたくなかった。

「ところで、由紀姉《ね》ぇはどうしたの？」

「うん、これ持ってきたんだけど、おばさんは？」

由紀が手にしていた菓子折を軽く持ちあげた。

「病院だよ。また親父のところに行ってるんだ」

「仲いいよね。おばさんとおじさん」

そうつぶやく声が少し淋しげに聞こえたのは、決して気のせいではないだろう。

由紀の夫も稲作農家だが、冬の間は出稼ぎに行っている。確か自動車工場で住みこみの期間工をしていて、今月末には戻ってくる予定だ。夫と離れればなれで淋しい思いをしているに違いなかった。

(そうか……そうだよな)

彼女の気持ちがわかるから、浩介の胸は切なく締めつけられた。

憧れの女性は結婚して手の届かない存在になってしまった。頭ではわかっているのに、いまだに諦めきれずにいた。

「これ、おじさんの好きなお煎餅《せんべい》よ」

由紀が菓子折を差し出してくる。わざわざこれを渡すために来たらしい。彼女はいつも父のことを気にかけてくれていた。

「ありがとう。親父、きっと喜ぶよ」

浩介は気を取り直して受け取り、あらたまって頭をさげた。

「今度、母ちゃんがお礼に行くから」

「いいの、気にしないで。おじさんやおばさんには小さいころからお世話になってるし」

由紀は柔らかな微笑を浮かべている。この少しおっとりして穏やかな雰囲気が昔から好きだった。

「でも、いつももらってばっかりだから、お返ししないと悪いよ」

「……じゃあ、代わりにお願いがあるんだけど」

なぜか由紀は声のトーンを落として切り出した。

「噂で聞いたんだけど、温泉が出たんでしょ。入らせてもらえないかな」

「どうして、そのことを……」

浩介は父にしか話していない。母にも妹にも温泉については口外していなかった。

いくら良質の温泉が出ても、父が裏山を売却しなければ意味はない。みんなをぬか喜びさせたくないので秘密にしていた。それなのに、どうして由紀が知っているのだろうか。

「村長さんが教えてくれたの。村が盛りあがるかもしれないって喜んでたわ」

それを聞いた瞬間、頭を抱えたくなった。

まだなにも決まっていないのに、そんな情報を漏らされては困る。実際、父は裏山を手放す気はないのだ。噂ばかりが先行して、村民たちの期待を無駄に煽るような事態は避けたかった。

「村長に口止めしておかないと」

苛立《いらだ》ちを隠せずつぶやくと、由紀が再び口を開いた。

「もう噂はひろまってるみたいよ。村長さん、いろんなところで話してるもの」

どうやら、村長はかなり舞いあがっているらしい。由紀だけではなく、大勢の村人たちに温泉のことを話しているという。

(まいったな……)

そのとき、ふとこれは麻美の策略かもしれないと思った。

村長をそそのかして、温泉街の計画は順調に進んでいるなどと吹きこみ、わざと噂が漏れるように仕組んだのではないか。そうやって外堀を埋めることで、計画を実現させる作戦ではないか。

なにしろ浩介を丸めこむために身体を差し出すくらいだ。村長をそそのかして噂をひろめさせることくらい躊躇しないだろう。

「コウちゃんは入ったんでしょ。どうだった？」

「うん、まあ……よかったよ」

浩介の言葉を聞いて、由紀が少女のように瞳を輝かせる。期待がふくらんでいるのは明らかだった。

「温泉なんてしばらく入ってないの」

「わかったよ……由紀姉ぇだけ特別だよ」

迷った末に了承する。由紀に懇願されて断れるはずがなかった。

「コウちゃん、ありがとう」

由紀が手を握ってくる。両手でしっかり包みこまれて困惑してしまう。柔らかい手のひらの感触に胸の鼓動が速くなった。

「で、でも、大勢来たら困るから誰にも言わないでよ」

「うん、わかってる」

喜んでいる由紀を見て、いっしょに川で釣りをした子供のころを思い出す。魚が釣れると、彼女はいつもこんな笑顔ではしゃいでいた。

「じゃあ、今から入ってくれば。バスタオルを貸すよ。それと温泉の小屋の鍵《かぎ》を渡すから、あとで返しにきて」

裏山をまっすぐ登るだけなので、まず迷うことはないだろう。

温泉を掘ったのは麻美の会社だが、土地は真崎家が所有している。だから露天風呂は浩介と麻美の双方で管理することになっていた。小屋の鍵は、合鍵を含めてそれぞれが二本ずつ持っていた。

部屋に戻ってバスタオルと鍵を持ってくる。それを由紀に手渡した。

「誰もいないはずだから、ゆっくり入ってきていいよ」

今ごろ麻美たちは東京で会議中だ。温泉成分をさらに詳しく分析して、今後のことを協議しているはずだった。

「うん、ありがとう」

何度も礼を言われると照れ臭くなる。由紀に感謝されただけでも、試し掘りをした甲斐があるというものだ。

ふたりでいっしょに外に出た。

小さく手を振って裏山に向かう由紀を見送り、浩介はトラクターの整備をするため倉庫に入った。

2

浩介はトラクターの前で立ちつくしていた。

仕事をしなければと思うが、頭のなかにあるのは由紀のことだけだ。彼女が露天風呂に入っているところを想像すると気になって仕方がない。

（なに考えてるんだ、由紀姉ぇは結婚してるんだぞ。仕事仕事……）

気を取り直そうと自分に言い聞かせる。今日はトラクターのエンジンをかけて調子を見るつもりだった。

ツナギのポケットを探ると鍵が二本出てきた。一本はトラクターの鍵で、もう一本は露天風呂の小屋の合鍵だった。先ほど由紀に渡すとき、間違っていっしょに持ってきてしまったのだ。

（これを使えば……）

ふと邪《よこしま》な気落ちが湧きあがる。

手のひらに載せた合鍵を見つめて、思わず喉をゴクリと鳴らした。

頭ではいけないとわかっている。だが、由紀の裸体を拝めるチャンスだ。こんな機会は二度とないかもしれない。夫が出稼ぎから戻ってくれば、由紀がひとりで露天風呂に入りに来ることもないだろう。

考えれば考えるほど欲望がふくれあがってしまう。

(由紀姉ぇの……は、裸……)

今、裏山を登れば、ずっと片想いしてきた女性の裸を見ることができる。卑劣な行為だとわかっているが、今見ておかなければ一生後悔すると思った。

(ちょっとだけ……ちょっと覗くだけなら……)

浩介は心のなかで繰り返し、トラクターに背を向けて外に出た。

昼の陽光が眩く降り注ぐなか、倉庫の脇を通って裏山に入っていく。ゴム長靴で雑草を踏みしめて斜面を登りながら、由紀の裸体を想像していた。

山の中腹にある開けた場所に出ると、いよいよ欲望がふくれあがった。由紀のすべてを拝めると思うだけで、ボクサーブリーフのなかのペニスがむくむくと頭をもたげて、自然と歩調が速くなった。

露天風呂の小屋に近づいていく。ここは真崎家が所有する裏山なので、他に人がいるはずがない。それなのに、疚《やま》しい気持ちがあるせいか、つい周囲をキョロキョロと見まわしてしまう。

（だ、大丈夫、誰もいない）

握りしめていた鍵を挿《さ》しこみ、慎重にまわしていく。カチリッというわずかな音がして全身が固まった。

しばらく身動きできずにいたが、由紀が出てくることはない。おそらく、もう露天風呂に浸かっているのだろう。臆病風が吹くが、欲望のほうが上回っている。意を決してドアをゆっくり開けると、小屋のなかに忍びこんだ。

脱衣所に歩み寄り、ドアにそっと耳を押し当てた。

なかから音は聞こえない。慎重にレバーをまわして、ほんの少しだけ隙間を開けてみる。なかを覗くが由紀の姿は見当たらなかった。

（よ、よし……いくぞ）

さらにドアを開けて　ついに体を滑りこませた。

籐の籠のなかに、由紀が着ていたスカートとセーターがあった。ブラジャーとパンティが見当たらないが、きっと服の間に隠したのだろう。誰も来ない温泉でも、由紀は恥じらいを忘れていなかった。

（やっぱり由紀姉ぇは違うよな……）

子供のころから淑《しと》やかで、他の女の子たちとは違っていた。両親に大切に育てられたためなのか、清楚で穏やかな女性へと成長していった。

下着も気になったが、それより由紀が露天風呂に入っているのだ。浩介は気づかれないように壁伝いにガラス戸に接近した。

ガラス戸の横にギリギリ身を隠せるスペースがあった。慎重にほんの少しだけ顔を出して露天風呂を覗いてみる。すると、由紀が岩風呂に浸かっていた。

（い、いた！）

浩介は思わず心のなかで叫んだ。

少し距離はあるが、確かに由紀が肩まで湯に浸かっている。長年憧れつづけた女性が、生まれたままの姿でそこにいるのだ。

髪をアップにまとめているため、白いうなじが見えている。身体は湯に浸かっているため、なんとなくしかわからない。近づけば裸体を拝めるのにと思うと、もどかしくて仕方なかった。

（由紀姉ぇが、すぐそこで……）

浩介の心臓はバクバクと激しく拍動していた。

目を細めたりするが、湯のなかがはっきり見えることはない。それでも裸の由紀がそこにいると思うだけで、ペニスはどんどん硬くなってしまう。いつしかツナギの股間が突っ張り、大きなテントを張っていた。

なんとかして見る方法はないだろうか。せめて由紀と同じ空気を吸いたくて、ガラス戸をほんの少しだけ開けてみた。途端に硫黄の匂いが脱衣所に流れこんでくる。それだけで、彼女との距離が一気に近くなった気がした。

ガラス戸の隙間から露天風呂を覗きつづける。すると、由紀が湯船のなかで立ちあがった。

（おおっ！）

その瞬間、浩介は思わず腹のなかで唸っていた。

全身から湯が流れ落ちて、ついに白い肌が露わになった。なにしろ初恋の女性の裸体だ。瞬《まばた》きする時間も惜しくて、とにかく目を見開いて凝視した。

たっぷりした双つの乳房が揺れている。大きくふくらんだ丘陵に、自然と視線が吸い寄せられた。双乳の頂点には、山桜を思わせる淡いピンクの乳首がちょこんと載っている。乳輪が小さめなのも控えめな性格の彼女らしかった。

腰は細く締まり、豊かな尻たぶへとつづいている。双臀《そうでん》は脂《あぶら》が乗って、人妻らしくむっちりしていた。遠目に見ても迫力があり、触れてみたい衝動がこみあげる。あのヒップを鷲づかみにして男根を突き立ててみたかった。

漆黒の陰毛は湯に濡れて、まるで岩のりのように恥丘に密着している。内腿をぴったり閉じているため、さすがに陰唇を拝むことはできなかった。

「はぁ……」

由紀はため息を漏らすと、湯船の縁の岩に腰をおろした。

顔から首筋にかけてがうっすら赤くなっている。のぼせたのかと思ったが、どうやらそうではないらしい。ふらついている様子はなかったし、気分が悪そうにも見えなかった。

由紀は空を見あげると、またしても息を吐き出した。

湯で火照った身体を冷まそうとしているのだろうか。しかし、由紀は岩に座った状態でしきりに腰をくねらせている。ぴったり閉じた内腿も、なにやらもじもじ擦り合わせていた。

(どうしたんだろう?)

表情が妙に艶っぽく見えるのは気のせいだろうか。浩介は股間をふくらませたまま、ガラス戸の隙間から凝視していた。

由紀は両手で自分の身体を抱きしめている。やがて手のひらが乳房に移動して、ゆったり揉みはじめた。

「はンっ……」

唇から微かな声が溢れ出す。

柔肉に指をめりこませて、じっくりこねまわしている。乳首を指の間に挟んで刺激しながら、うっとりした表情になっていた。

「あっ……ンンっ」

ときおり艶っぽい声を漏らし、内腿をキュッと締める。腰を反らしたり前屈みになってみたりと、とにかく落ち着かなかった。

(おおっ……)

自分で乳房を揉みしだいて腰をくねらせる姿は、あまりにも艶めかしい。まさかとは思うが、欲情しているのではないか。

(そういえば、俺も……)

ふと思い出す。浩介もひとりで露天風呂に入っていたとき、途中からむらむらしてペニスがふくらんでしまった。

あのとき、なぜか激しく欲情していた。心身ともにリラックスして、さらに血行もよくなったことが関係していたのではないか。自分なりにそう思っていたのだが、今の由紀も同じような状態に見えた。

（いや、由紀姉ぇに限って……）

ギラつく目で凝視しながらも、胸のうちに湧きあがった考えを否定する。

なにしろ、物心ついたころから憧れてきた女性だ。由紀に幻想を抱いており、淑やかでいてほしいという想いが強かった。

だが、その一方で由紀は二十九歳の成熟した女性であることもわかっている。結婚しているのだから、もちろんヴァージンのはずがないし、夫婦の営みがあるのも当然のことだった。

今は夫が出稼ぎ中で離ればなれになっている。貞淑な人妻でも、健康な女性なら性欲を覚えることもあるだろう。身体が疼いて眠れず、自分で慰める夜もあるかもしれない。しかし、そういう行為は自室でひっそりするのではないか。

（じゃあ、いったいなにを？）

浩介は硫黄の匂いを嗅ぎながら、目を凝らして由紀の様子を観察した。

見れば見るほど妖《あや》しげな動きだった。乳房をこってり揉んでは、乳首を指先で摘まみあげる。クニクニとやさしく転がしているうちに、充血してふくらんでいくのがわかった。

「はンンっ……」

硬くなったことで感度がアップしたらしい。由紀は眉を八の字に歪めて、顎を軽く持ちあげた。空から降り注ぐ日の光が、彼女の切なげな表情を照らしている。唇が半開きになっており、吐息とともに微かな声が漏れていた。

やがて由紀は左手で乳房を揉みながら、右手を徐々に下へと移動させていく。白い腹を撫でて、指先が濡れた陰毛に到達した。さらに太腿を少しだけ開き、その隙間に指を潜りこませていった。

「あっ……ンンっ」

一瞬、女体が硬直して、その直後にぶるぶるっと震えが走った。

右手で恥丘を覆い、中指を太腿の間に伸ばしている。指先が敏感な部分に触れたのだろう。白くて平らな腹が波打ち、腰が右に左にうねっていた。

(間違いない……オ、オナニーだ)

あの由紀が野外で自慰行為をしている。信じられないことに、露天風呂で自分の股間をまさぐっていた。

なにかの間違いだと思いたかった。しかし、由紀はうっとりした表情になり、太腿の間に忍びこませた指をしきりに動かしている。淫裂を撫でまわしているのは明らかだった。

「はンっ……あンンっ」

由紀の唇から微かな声が漏れていた。

いくら夫に会えなくて淋しいとはいえ、どうしてこんな場所ではじめてしまったのだろう。幻想を砕かれた気がしてショックを受けるが、浩介のツナギの股間は大きなテントを張っていた。

(由紀姉ぇ……やめてくれよ)

心のなかで繰り返すが、視線をそらすことはできなかった。

つい右手が股間に伸びてしまう。ツナギの上からふくらみをつかむと、それだけで痺れるような快感が走り抜けた。

「うむむっ」

声が漏れそうになり、慌てて奥歯を食い縛った。

覗いていることがばれたら大変なことになる。入浴しているのを盗み見ただけではなく、オナニーを目撃してしまったのだ。由紀としては、どんなことがあっても人に知られたくない姿だろう。

(見たらダメだ。もう立ち去らないと)

心のなかではそう思うが、どうしても視線をそらせない。浩介も興奮している。とにかく凍りついたように動くことができなかった。

「ああっ……」

由紀の喘ぎ声が大きくなる。脚をさらに開いたことで白い内腿と、鮮やかなサーモンピンクの陰唇まで日の光に照らされた。

（あ、あれが、由紀姉ぇの……）

ついに由紀の恥裂が露わになったのだ。浩介は額をガラス戸の隙間に押しつけて、食い入るように見つめていた。

二枚の陰唇はすでに中心部分がうっすら開いており、透明な汁が次から次へと溢れている。よほど欲情しているに違いない。華蜜は割れ目をぐっしょり濡らして、ヌメヌメと淫靡《いんび》な光を放っていた。

そこに由紀の中指が押し当てられる。指全体を使うように撫であげると、割れ目の上端にあるクリトリスを重点的にこねまわした。

「あっ……あっ……」

由紀の唇から切れぎれの喘ぎ声が溢れ出す。女芯を転がすたびに声が漏れて、女体がヒクヒクと小刻みに震えていた。

（ウ、ウソだ、こんなの……）

信じられないが現実だった。浩介は片想いの女性が自慰に没頭していく様子をじっと見つめていた。

右手は男根を握りしめている。ツナギの上からしっかり指をまわし、無意識のうちにしごいていた。すでに大量の我慢汁が溢れて、ボクサーブリーフの内側を濡らしている。ヌルヌルと滑る感触がたまらなかった。

「はああっ！」

露天風呂から聞こえてくる喘ぎ声が大きくなる。由紀が中指を膣口に沈みこませたのだ。まだ第一関節までだが、浩介の位置からでもはっきり確認できた。

（アソコに指が……あ、由紀姉ぇ……）

胸のうちでつぶやくが、由紀がオナニーしているのは事実だった。

さらに指が押しこまれて、それにともない脚がますますひろがり、やがて大股開きになった。はしたなく股間を晒した状態で、中指が根元まで挿入されていた。膣道にたまっていた愛蜜が溢れて、蟻《あり》の門渡《とわた》りをトロトロと流れていった。

「はううっ……」

根元まで埋めこんだ指で膣壁を擦っているらしい。由紀の顎がどんどんあがり、顔は完全に空を向いていた。

虚《うつ》ろな瞳にはもうなにも映っていないだろう。由紀は指を抽送させて、膣内を掻きまわしはじめた。それに合わせて股間をしゃくり、一心不乱に快感を貪《むさぼ》っている。愛蜜がどんどん溢れ出し、彼女の股間をぐっしょり濡らしていた。

（ああっ、由紀姉ぇ！）

たまらなくなり、ツナギ越しにつかんだ右手の動きを加速させる。

危険な状況だというのはわかっているが、我慢できなかった。子供のころから淑やかだった由紀が乱れているのだ。やさしくて穏やかな性格の彼女が、これほど激しい自慰を行っているのが信じられなかった。

「ああっ……あああっ……」

由紀の喘ぎ声は高まる一方だ。指を出し入れするスピードがあがり、左手の指は乳房にめりこんでいた。

女壺を攪拌《かくはん》する音が露天風呂に響き渡る。クチュッ、ニチュッという湿った蜜音は、浩介の耳にもしっかり届いていた。

「あああッ、も、もう……」

由紀の声が切羽つまってくる。もしかしたら絶頂が近いのかもしれない。岩風呂の縁に座り、大股開きで蜜壺のなかを指で掻きまわしている。やがて艶めかしくくねっていた腰が、ガクガクと震えはじめた。

「あアッ、ダ、ダメっ、もうダメっ、あああああああアッ！」

ついに由紀が昇りつめていく。背中を大きく反らして、あられもないよがり声を青空に向かって響かせた。

乳首はビンビンに尖《とが》り勃《た》ち、くびれた腰がくねっている。まだ足りないのか、さらに指を激しくピストンさせた。

「あああッ、あああッ、こ、これっ、あぁあああああああああッ！」

すぐさま由紀は二度目のアクメを貪った。全身を痙攣《けいれん》させて、自分の指を膣口でしっかり食いしめる。新たな愛蜜がどっと溢れ出すのがわかり、彼女の股間が妖しげにヌメ光った。

（ゆ、由紀姉ぇ……くうううッ！）

浩介もこらえきれずに射精する。ボクサーブリーフのなかに、思いきり白濁液を放出してしまった。

危ないことをしている自覚はある。だが、見ているうちに射精欲が盛りあがり、どうしても我慢できなかった。

興奮状態は継続しているが、射精したことで少しだけ落ち着いた。

（これ以上はまずい……）

破滅すれすれの状況だ。

見つかる前に退散したほうがいい。もし覗いていたことがばれたら、二度と口をきいてもらえなくなるだろう。

彼女との関係を壊したくない。浩介はもっと覗いていたい気持ちを抑えて、脱衣所から出ていった。

3

浩介は裏山をおりると家に戻り、風呂場に直行した。

（なにやってんだ……）

精液でドロドロになったペニスを洗いながら自己嫌悪に陥《おちい》ってしまう。

由紀の入浴シーンを覗くだけのつもりだった。一度でいいから憧れの女性の裸体を目に焼きつけたかった。

ところが、由紀はオナニーをはじめた。自分の指で激しく蜜壺を掻きまわし、挙げ句の果てにアクメを貪ったのだ。清楚な由紀が乱れる姿は衝撃的だった。あの状況で我慢できるはずもなく、ついペニスをしごいて射精してしまった。

(最低だな、俺……)

由紀を穢してしまったようで、気分が重く沈んでいく。それなのに、まだペニスはむずむずしていた。

落ちこんでいるのに、まだ欲情している。ともすると男根がふくらみそうな気配があった。

(ダ、ダメだ……仕事をしないと)

ボクサーブリーフを穿きかえてツナギを着る。そして、気を取り直すように、自分の頬を両手でパンッと叩いた。

気合いを入れたつもりだが、まだ気持ちは悶々としている。由紀が股間をまさぐって喘ぐ姿が脳裏から離れなかった。

とにかく、ゴム長靴を履いて倉庫に向かう。仕事に集中することで、淫らな考えを振り払おうと思った。トラクターのエンジンをかけようと、ポケットのなかの鍵を探る。すると露天風呂の小屋の鍵も出てきた。

「うつ……」

またしても由紀の恥態が瞼の裏に浮かんでしまう。慌てて頭を振るが、先ほど目にした光景は鮮明になる一方だった。

「コウちゃん」

ふいに名前を呼ばれてドキリとする。恐るおそる振り返ると、倉庫の入口に由紀が立っていた。

頭のなかは由紀のことばかりだ。そこに本人が現れたことで、内心激しく動揺していた。覗きがばれていないかも不安だった。すぐに言葉を発することができず、浩介はトラクターの前で立ちつくしていた。

「もしかして、忙しかった？」

由紀は申しわけなさげに話しかけてくる。温泉に浸かったせいか、頬がほんのり桜色に染まっていた。

「い、いや……」

なんとか言葉を絞り出す。すると由紀は微笑を浮かべながら歩み寄ってきた。

「鍵を返しに来たの。ありがとう」

右手を差し出されて、浩介は懸命に平静を装いながら受け取った。

由紀の態度はいつもと変わらない。どうやら覗きはばれていないようだ。罪悪感を抱えながらも、ほっと胸を撫でおろした。

「温泉、どうだった？」

黙っているのも不自然な気がして尋ねてみる。彼女との関係を壊したくなかったので、入浴を覗いたこと、とくに自慰行為を目撃したことは微塵も匂わせてはならなかった。

「うん、いい温泉だね」

由紀はそうつぶやき、なぜか視線をすっとそらした。

深い意味はないのかもしれない。でも、やはり温泉でオナニーしたことが後ろめたかったのではないか。元来、彼女は淑やかな性格だ。だから、浩介と視線を合わせられなかったのではないか。そんな気がしてならなかった。

「すごく気持ちよかったよ」

「そ、そう……」

またしても言葉につまってしまう。由紀が「気持ちいい」と言った瞬間、オナニーの映像が脳裏に浮かびあがった。

(ダメだ、今は考えるな)

心のなかでつぶやき、自分自身に言い聞かせる。そして、体の脇に垂らしていた手で、彼女に見えないように自分の尻を思いきりつねった。そうでもしなければペニスがふくらんでしまいそうだった。

しかし、こうしている間も視線は由紀の女体に向いてしまう。

ほんのり染まった首筋が色っぽい。Vネックのセーターから鎖骨がチラリと覗いている。胸もとは大きく盛りあがり、露天風呂で目にした見事な乳房を思い出した。あのふくらみを自分で揉みしだき、そして下半身に手を伸ばして……。

「お仕事の邪魔をしたら悪いから」

淫らな妄想が加速しそうになったとき、由紀がぽつりとつぶやいた。そして、まわれ右をしたとき、突然足もとをふらつかせた。

「あっ……」

「危ない」

浩介はとっさにバランスを崩した彼女の肩をつかんだ。柔らかい感触にドキリとするが、とにかく両手でしっかり支えた。

「大丈夫？」

「ちょっとのぼせたかな……ごめんね」

由紀はごまかすように笑みを浮かべるが、瞳に力が感じられなかった。

「ちょっと休んでいきなよ。ふらふらしてるじゃん」

このまま帰らせるのは心配だった。浩介が提案すると、由紀は素直にこっくりうなずいた。

「でも、お仕事中でしょ」

「俺もそろそろ休憩しようと思ってたから」

「じゃあ、お水を一杯だけもらってもいいかな」

「うん、もちろんだよ」

由紀のことを気にしながら家に向かって歩いていく。倒れたら危険なので、さりげなく隣に寄り添っていた。

家にあがり居間に案内する。由紀は座布団の上に横座りすると、気怠《けだる》げな様子で座卓に肘をついた。

「温泉なんて久しぶりだから、つい長湯しちゃった。一回温まって休憩してから、また湯に浸かったの。あれがいけなかったのかな」

由紀はそう言って静かに笑った。

でも、本当はオナニーをしていたから長湯になったのだ。岩に座っていたが脚は湯のなかだった。それだけでも身体はかなり火照っていたに違いない。あのあと、また湯に浸かったのなら、のぼせるのも当然な気がした。

「はい、これ飲んで」

冷たい水をなみなみと注いだコップを持ってくる。それを座卓に置くと、浩介は彼女の向かい側に腰をおろした。

「ありがとう」

由紀は両手でコップを持ち、時間をかけてひと口ずつ喉に流しこんでいった。

「やっぱり温泉は違うわね。身体の芯から温まる感じがするわ」

水を飲んで少し落ち着いたらしい。由紀が静かに語りかけてきた。ただ、顔はまだ上気しているし、見つめてくる瞳もとろんと潤んだままだった。

「どんな温泉街になるのか楽しみね」

まるで決定しているような言い方だ。そういえば、由紀は村長から温泉のことを聞いたと言っていた。

「宿泊施設も作るんでしょう。そうじゃないと遠くから来てくれないものね」

「あのさ、まだ決まったわけじゃないんだよね。親父が裏山を売るのかどうか、はっきりしなくてさ」

浩介は遠慮がちに口を挟んだ。

実際のところ、父はまず売る気がない。でも、盛りあがっている由紀を見ていると、そこまではっきり言えなかった。

「まだ説得中なのよね。でも、村長さんは村おこしだって大喜びしてたわ。あの感じだと決まりそうなんでしょ?」

「い、いや、どうかな……」

言葉を濁すが、内心は無理だと思っている。だが、それを口に出せる雰囲気ではなかった。

温泉が出たという噂は、もう村中にひろまっているだろう。しかも、ただひろまっているだけではなく、温泉街の計画が実現すると思っている人もいるようだ。父が裏山を売らないと知ったとき、みんながどんな反応をするのか心配だった。

(ううん、困ったぞ……)

浩介は腕組みをして腹のなかで呻いた。

どうして父が裏山を売ろうとしないのかわからない。どうせ放置してあるだけだし、温泉計画は村のためになるはずだ。浩介としては裏山を売却してしまったほうがいいと思っていた。

「ごちそうさま」

由紀が空になったコップを置いて礼を言う。これで帰るのかと思ったが、なぜか腰を浮かす気配がなかった。

「考えてみたら、お邪魔するの久しぶりなのよね」

確かにそうかもしれない。

村を歩いていれば年中顔を合わせるし、頂き物のお裾分けを持ってきてくれることもある。でも、由紀が結婚してからは玄関で応対するだけで、こうしてゆっくりしていくことはなかった。

「昔は部屋でよく遊んでたのにね」

「うん……母ちゃんに子供は外で遊べって怒られたよね」

幼き日々を懐かしく思い出す。あのころは毎日が楽しかった。やさしくて綺麗なお姉さんの由紀がいつも遊んでくれて、浩介は無邪気な子供でいられた。

「久しぶりにコウちゃんの部屋が見たいな」

由紀はそうつぶやき、まっすぐ見つめてくる。視線が重なると、意味もなくドキドキした。

「散らかってるから……」

自室でふたりきりになると、きっと余計なことを考えてしまう。先ほど露天風呂で目撃した光景が、まだ生々しく脳裏に残っていた。

「思い出の場所だもの。ちょっとだけでいいから。ね、お願い」

由紀にそこまで言われたら断れない。浩介は仕方なく重い腰をあげた。

「本当にちょっとだけだからね」

「うん、わかってる」

立ちあがった由紀がついてくる。浩介は黙って廊下を奥へと進み、自室の襖《ふすま》をそっと開けた。

4

「やっぱり懐かしいね。あっ、お布団敷いたままなんだ」

部屋に入ると、由紀は楽しげに見まわして布団に腰をおろした。

「どうせ誰も来ないし、面倒だから」

布団くらい畳んでおけばよかったと後悔する。他に見られてまずいものはないかと部屋のなかをさっとチェックした。

「ねえ、コウちゃんも座って」

由紀は布団の上で横座りしている。浩介を見あげて、自分の隣を手にひらでぽんぽんと軽く叩いた。

子供のころのように並んで座り、思い出話をするつもりなのだろう。座ろうかと思ったが、浩介が着ているのは作業用のツナギだった。

「こんな格好だから……」

残念だが断るしかない。ところが、由紀はすっと立ちあがり、ツナギのファスナーに指を伸ばしてきた。

「え？」

「脱いじゃえばいいでしょ」

いったいなにを考えているのだろう。由紀は首もとまで閉めてあったファスナーをいきなり引きおろした。

「ちょ、ちょっと……」

「どうしたの？」

息がかかるほど至近距離から見つめてくる。由紀はからかうように声をかけてくるが、なぜか瞳はしっとり潤んでいた。

「は、恥ずかしいよ」

浩介がつぶやくと、由紀はさらに熱い眼差《まなざ》しを注いでくる。そして、ツナギの襟《えり》をつかんで左右に開きはじめた。

「子供のころは裸でも気にしなかったでしょう」

確かに昔は気にしなかった。川で水遊びをしてびしょ濡れになったとき、由紀に着替えさせてもらったことが何度もある。しかし、それはまだ小学校にあがる前の話だった。

「自分で脱ぐからいいって」

「今さら照れなくてもいいじゃない。コウちゃんの裸なんて見慣れてるんだから」

「それはガキのころの話だろ」

ついむきになるが、それでも由紀は聞く耳を持たない。ツナギの肩が剝きおろされて、なかに着ていた白いＴシャツが露わになった。

「ちょっと由紀姉ぇ、聞いてる？」

「はいはい、聞いてますよ。わたしの言うとおりにしてね」

まるで子供に言い聞かせるような言い方だ。由紀は話しながらも手を休めない。さらにツナギが引きさげられて、グレーのボクサーブリーフが見えてきた。

（や、やばい……）

目の前でしゃがみこんだことで、ちょうど由紀の顔が股間の高さと一致する。妙に意識してしまい、急激にペニスがむずむずしてきた。

「はい、足をあげて」

言われるまま足を片方ずつ持ちあげると、つま先からツナギが抜き取られる。由紀に服を脱がされていると思うと、それだけで昂ってしまう。気づいたときには男根が頭をもたげて、ボクサーブリーフの前がふくらんでいた。

（頼む、気づかないでくれ）

心のなかで祈るが、由紀の視線が股間に向いてしまう。一瞬、息を呑むような仕草をして、まじまじと見つめてきた。

「コウちゃん、これって……」

由紀は隆起した股間から目を離すことなく、抑えた声で語りかけてくる。彼女の心のなかにあるのは羞恥なのか憤怒なのか、それとも軽蔑なのか、声だけでは判別できなかった。

「ご、ごめん……なんか急に……」

言いわけが思いつかない。こうしている間も男根は膨張をつづけている。ボクサーブリーフの前が突っ張り、黒っぽい染みまで滲みはじめた。

「あっ……」

由紀が小さな声を漏らして、口もとを手で覆った。

彼女の視線は浩介の股間に釘付けになっている。我慢汁の染みに気づいたのだ。驚きを隠せない様子で固まっていた。

(ううっ、もうお終《しま》いだ)

絶望感が胸の奥にひろがっていく。勃起しただけでも最悪なのに、我慢汁を溢れさせていることまでばれてしまった。この場から逃げだしたい衝動に駆られて、浩介は下唇を強く嚙《か》みしめた。

ふたりとも無言だった。重苦しい沈黙がつづいていた。なにを言われるのか想像するだけで恐ろしかった。いっそのこと土下座しようかと思うが、そんなことをしても意味はないだろう。

「……今日だけ」

沈黙を破ったのは由紀だった。

まるで独りごとのようにつぶやき、上目遣《うわめづか》いに見あげてきた。

どういう意味だろう。浩介が困惑していると、隆起したボクサーブリーフに由紀の手のひらが重なった。

「うっ……ゆ、由紀姉ぇ？」

「こんなことするの、今日だけよ」

由紀も葛藤しているのかもしれない。指先が微かに震えていた。いったいなにが淑やかな彼女を突き動かしているのだろうか。

「くうっ……」

軽く触れられただけでも甘い刺激がひろがっていく。布地越しに由紀の体温が伝わってくる。たまらない気持ちになり、腰にぶるるっと震えが走った。

「淋しいの……ずっとひとりだから」

由紀の言いたいことが少しはわかる気がした。

冬になると夫は住みこみの出稼ぎに出てしまう。正月休みとあと何回かは帰ってくるが、すぐに戻ってしまうと聞いていた。冬の間はほとんどひとり身で、よほど淋しい思いをしているに違いなかった。

（でも、だからって……）

浩介はとまどいながら自分の股間を見おろした。

ボクサーブリーフのふくらみに、由紀の手のひらが重なっている。しかも、やさしくスリスリと擦りあげてきた。

（どうしちゃったんだよ……今日の由紀姉ぇ、なんかおかしいよ）

由紀のことは物心ついたときから知っている。冗談でもこんなふしだらなことをする女性ではない。それなのに、どういうわけか瞳を潤ませて、浩介の股間をねちっこく撫でまわしていた。

「ううっ……」

「こんなに硬くしちゃって、コウちゃん、大人になったのね」

由紀が目を細めて見あげてくる。視線が重なると恥ずかしくなり、浩介は慌てて腰をよじった。

「ダ、ダメだよ、こんなこと」

「どうして？」

由紀はボクサーブリーフの股間に手のひらをあてがったまま、その場ですっと立ちあがる。そして、もう片方の手を胸板に重ねてきた。

「どうして、ダメなの？」

「だ、だって……由紀姉ぇは結婚してるし……」

本当はもっと触ってもらいたい気持ちもある。だが、由紀は人妻だ。そんなことを言えるはずがなかった。

「わたし、淋しいの。コウちゃんに慰めてほしいの……」

「で、でも、旦那さん、この前、帰ってきたんだよね」

なんとか言葉を絞り出すが、彼女は愛撫をやめる気配はない。それどころか、ますます股間を擦りあげてきた。

「久しぶりに会ったのに、あの人すぐに寝ちゃったの。疲れてるから仕方ないとは思うけど……」

出稼ぎで疲労が蓄積していた夫のことを庇《かば》っているが、その一方で、彼女の身体には欲求不満がたまっているようだった。淑やかな由紀は自分から抱いてほしいと言えなかったのだろう。どうやら夫はセックスすることなく、出稼ぎ先へと戻ってしまったらしい。

「だから……ね、お願い」

「な、なに言ってるんだよ」

「こんなこと頼めるの、コウちゃんしかいないもの」

由紀の瞳は潤んでいる。胸板に寄りかかるようにしながら、股間をねちっこく撫でまわしていた。

「そ、そんなにされたら……」

「そんなにされたら、どうなるの?」

布地ごと勃起したペニスをつかまれる。細い指が太幹にまわりこみ、尿道口から我慢汁が溢れ出した。

「くうっ!」

快感電流が背筋を駆けあがり、膝がガクガク震えはじめる。慌てて足の指をグッと曲げて踏ん張った。

「さっきより硬くなったみたい」

由紀は微笑を浮かべて、ボクサーブリーフのなかに手を差し入れてくる。いきり勃った男根に指を巻きつけるとゆったりしごいてきた。

「くおおっ」

もう呻くことしかできない。快感は確実に大きくなり、我慢汁の量もぐんと増えていた。

「ゆ、由紀姉ぇが触るから……うっ、ううっ」

もはや立っているのもやっとの状態だ。呻き声がとまらなくなり、両足の踏ん張りも利かなくなってきた。

「転んだら危ないから座ろうね」

幼いころのように由紀がやさしく声をかけてくる。そして、浩介の肩に片方の手を当てると座るようにうながしてきた。

「はい、そのまま横になって」

ペニスを握られていると抗えない。浩介は誘導されるまま布団の上に座りこみ、肩を押されて仰向《あおむ》けになった。

「な、なにを……」

「これ邪魔だから脱がしちゃうわね」

ボクサーブリーフをおろされて、さらに靴下とTシャツも脱がされる。これで浩介は裸になってしまった。

「や、やっぱりまずいって」

我に返って股間を両手で覆い隠す。ところが、すぐに手首をつかまれて引き剝《は》がされた。

「隠しちゃダメよ」

屹立したペニスが露わになり、羞恥で全身が熱くなる。だが、なぜか同時に興奮もしていた。

「ああっ、コウちゃん、こんなに大きくなったのね」

由紀が感慨深げにつぶやき、太幹に指を巻きつけてくる。ゆるゆると何回かしごくと、もう我慢できないとばかりに服を脱ぎはじめた。

「熱くなってきちゃった」

セーターを頭から抜き取り、焦げ茶のフレアスカートをおろしていく。これで女体に纏《まと》っているのは純白のブラジャーとパンティだけになった。

「コウちゃんの前でなんて、恥ずかしいけど……」

浩介の隣で膝立ちになり、両手を背中にまわしてブラジャーのホックをはずす。カップをずらすと、たっぷりした乳房がタプンッと弾んだ。乳首はすでに硬くなっていて、乳輪までふっくら盛りあがっていた。

さらに由紀はパンティもおろしはじめる。浩介の視線を意識しているのか、少しずつずらしていく。焦れるような速度で期待が高まったとき、ついに漆黒の陰毛が露わになった。

「おおっ……」

思わず唸ると、由紀は耳までまっ赤に染めて腰をくねらせた。憧れの女性の裸体が、手を伸ばせば届くところにある。興奮のあまり全身が熱くなり、抵抗感がどんどん薄れていった。

「こんなこと、本当に今日だけだから……どうしても、淋しくて……」

言いわけのように繰り返し、仰向けになった浩介の股間にまたがってくる。両膝をシーツにつけた騎乗位の体勢だ。

(ゆ、由紀姉ぇのアソコが……)

首を持ちあげて見おろすと、由紀の股間がすぐそこにある。またがった状態で身体を少し反らしているため、内腿の奥がはっきり見えた。

鮮やかなサーモンピンクの陰唇が、ヌラヌラと濡れ光っている。中心部分がわずかに開き、そこから透明な華蜜が滲み出していた。

「コウちゃんがほしいの……ンンっ」

由紀がゆっくり腰を落としたことで、濡れそぼった女陰が屹立したペニスの先端にそっと触れる。途端にクチュッという湿った音が響き渡り、甘い刺激が股間から全身へとひろがった。

「ううッ、ゆ、由紀姉ぇ……」

浩介は仰向けになった状態で固まっていた。

挿入したくてたまらないが、頭の片隅には罪悪感もある。出稼ぎ中の旦那に悪いという思いと、この機会を逃したくないという気持ちがせめぎ合っていた。

しかし、そんな浩介の葛藤を無視して、由紀がさらに腰を落としてくる。亀頭が二枚に陰唇を押し開き、愛蜜がどっと溢れ出す。ペニスの先端が女壺にはまり、ズブズブと沈みこんでいった。

「あああッ、大きいっ」

「おおッ、こ、こんなことが……」

何度も妄想してきたことが現実になっていた。

ずっと憧れていた女性とつながったのだ。罪悪感が脳裏の片隅に追いやられて、魂《たましい》まで震えるほどの感激がこみあげた。

(ゆ、由紀姉ぇとセックスしてるんだ!)

まさかこんな日が来るとは思いもしない。ともすると涙が溢れそうになり、慌てて奥歯を食い縛った。

「コウちゃんが、わたしのなかに……あンンっ」

由紀が潤んだ瞳で見おろしてくる。浩介の腹に両手を置き、さらに尻を下降させてきた。

「くッ……ううッ」

慌てて尻の筋肉に力をこめて、急激にふくれあがった射精欲を抑えこんだ。

首を持ちあげて股間を見やれば、反り返ったペニスが由紀の女壺に突き刺さっている。すでに亀頭は完全に埋没しており、太幹も半分ほど入りこんでいた。

「も、もっと……はンンっ」

由紀の声は上擦っている。虚ろな瞳で見ろしながら腰を落として、ようやく長大なペニスが根元まで膣内に収まった。

「あ、熱い、由紀姉ぇのなか、すごく熱いよ」

「コウちゃんだって、すごく熱いわ」

見つめ合うことで、ますます気分が高揚する。

やがて由紀が根元まで挿入した状態で、腰を前後に揺らしはじめた。股間を擦りつけるような動きだ。ストロークこそ小さいが、ペニスが出入りを繰り返す。密着感が大きいため、性器がつながっていることを実感できた。

「あンっ、なかが擦れるの……ああンっ」

「お、俺も、すごく……ううッ」

言葉を交わす間も、由紀はゆったり腰を動かしている。クチュッ、ニチュッという蜜音が響き、気分を盛りあげるのにひと役買っていた。

「あッ……あッ……」

由紀の腰の動きが少しずつ速くなる。陰毛同士が擦れ合って、乾いた音が微かに聞こえた。

「こ、これは……うううッ」

カウパー汁と華蜜がまざることで、ペニスの動きがなめらかになる。ふたりとも体液を垂れ流しつづけているので、蕩けるような感覚が途切れることはない。ドロドロになった結合部から、得も言われぬ愉悦が湧きあがっていた。

(最高だ……ずっとこのままで……)

いっそのこと時がとまってくれたらと思うほど幸せな気分だった。浩介は興奮のまま両手を伸ばすと、目の前で揺れる乳房を揉みあげた。

「ああンっ……」

由紀の唇からため息まじりの喘ぎ声が溢れて、悩ましく腰がくねった。

双つの柔肉をたっぷりこねまわし、先端で揺れる乳首を転がしにかかる。人差し指と親指で摘まんで、やさしくクニクニと刺激した。途端に由紀の喘ぎ声が大きくなり、たまらなそうに腰を痙攣させた。

「はあぁッ、もっと……もっとほしいの」

由紀の表情がトロンとなっている。腰の動きが激しくなり、浩介の腹に置いていた両手を胸板に移動させせた。指先で乳首をいじりながら、股間をしゃくりあげるように腰を振りはじめた。

「あッ……あッ……コウちゃんっ」

「ぬううッ、ゆ、由紀姉ぇっ」

互いに名前を呼び合い、ますます快楽に没頭していく。浩介も彼女の腰の動きに合わせて、真下から股間を突きあげた。

「ああッ、い、いいの、あああッ」

亀頭が奥まではまりこみ、由紀が下腹部をビクビク波打たせる。女壺の敏感な箇所に当たっているらしく、反応が明らかに大きくなった。

締まりも強くなり、ペニスが思いきり絞りあげられる。濡れ襞が砲身全体を這いまわって、不規則な快楽を送りこんできた。とくに膣口が強く収縮することで、射精欲がふくれあがった。

「おおおッ、お、俺、もう……」

「ああッ、ああッ、わたしもよ」

由紀も喘いでくれるから、ますます快感が大きくなる。

浩介は上半身を起こして胡座《あぐら》をかくと、女体をしっかり抱きしめた。騎乗位から対面座位へと移行したのだ。柔らかい乳房が浩介の大胸筋に密着する。どちらからともなく唇を重ねて、すぐさま舌を絡ませた。

「あふっ、コウちゃん」

「うむっ、由紀姉ぇ」

浩介が柔らかい舌を吸いあげれば、由紀もお返しとばかりに口内を舐めまわしてくれる。唾液を交換して嚥下することで一体感が高まった。

もちろんディープキスをしながら、腰もしっかり振っている。もはや女壺はトロトロで男根も蕩けそうだ。絶頂の大波が急速に押し寄せてくる。ふたりで息を合わせて腰を振り、ついに桃源郷への急坂を駆けあがった。

「おおおッ、で、出ちゃうっ、出ちゃうよっ」

「き、来て、コウちゃん、来てっ」

由紀が耳もとで喘ぐ声を聞きながら、浩介は思いきりペニスを突きこんだ。

「くおおおッ、で、出るっ、おおおおッ、ぬおおおおおおおおおおッ！」

根元まで挿入して欲望を解き放った。男根が激しく脈打ち、ザーメンを一気に放出する。大量の白濁液が凄まじい勢いで尿道を駆けくだる。腰がガクガク震えて、頭のなかがまっ白になるほどの快感が突き抜けた。

「はあああッ、い、いいっ、気持ちいいのっ、あぁあああああああああッ！」

アクメのよがり泣きが響き渡る。由紀は浩介の背中に爪を立てて、女体を大きく仰け反らせた。女壺で男根を締めあげながら全身に痙攣を走らせる。唇の端から涎を垂らして、本能のままに愉悦を貪った。

「ゆ、由紀姉ぇっ、ううウッ、由紀姉ぇっ！」

くびれた腰を強く引きつけて、膣のなかに精液をドクドクと注ぎこんでいく。興奮が大きいせいか、射精がまったく収まらない。脳髄まで溶けて流れ出すような快楽のなか、彼女の白い首筋に吸いついた。

「あああぁッ……ああああああッ」

由紀も両脚を浩介の腰に絡みつかせて、股間を強く押しつけてくる。より深い場所までペニスを呑みこんで、熱い精液を膣奥で受けとめた。

ふたりは絶頂に達したあとも、名残りを惜しむように抱き合っていた。

ペニスはまだ蜜壺のなかに埋まっている。汗ばんだ肌はぴったり密着しており、ヌルヌルとすべる感触が卑猥だった。

「コウちゃん……」

由紀が気怠げに口を開いた。

瞳が潤んでいるのは激しすぎる絶頂のためなのか、それとも不貞を働いた後悔のためなのか。

「お願い……ふたりだけの秘密にして」

由紀の声は消え入りそうに小さかった。

あれほど感じて乱れたのに、今は悲しげな表情になっている。欲望を解消したことで冷静になったのだろうか。

いずれにせよ、これは一度限りの関係だ。淋しいけれど、浩介は黙ってうなずくしかなかった。

# 第三章　ほしがる清純肌

## 1

由紀と関係を持ってから三日が経っていた。

どうしてあんなことになったのだろう。いくら夫が出稼ぎ中とはいえ、清楚な由紀が積極的に誘ってきたことに驚かされた。

あの清らかでやさしかったお姉さんが、淫らに腰を振りまくる姿は衝撃的だった。浩介も頭の片隅ではいけないと思っていたのに、異様に興奮してペニスを突きこんでいた。

とにかく、由紀も浩介も妙に昂っていたのは確かだ。憧れの女性と最高の快楽を貪り、翌日も頭の芯が痺れたままだった。

夢のような体験だったが、これからどんな顔で由紀に会えばいいのかわからない。なんとなく気まずくて、意識的に会わないようにしていた。とはいえ、狭い村のなかで、ずっと会わないでいることは不可能だ。それにセックスはできなくても、以前のような普通の関係に戻りたかった。

(でも、それはむずかしいか……)

浩介はため息をつきながらハンドルを握っていた。

車は夕暮れの道を走っている。早めに仕事を終えて家で夕飯を摂り、村の寄合所に向かうところだった。

普段は仕事用の軽トラックに乗ることが多いが、今日は久しぶりにセダンを運転している。母が父の見舞いに行かなかったので車が空いていたのだ。

夕日でオレンジ色に染まった田舎道を軽快に流していく。信号がひとつもなく、すれ違う車もほとんどない。この村に慣れてしまったら、もう東京で運転することはできないだろう。

左右に田んぼがひろがり、夕焼け空を見あげれば巣に帰る鳥が飛んでいた。

見慣れた長閑な田舎の風景だ。ビルもネオンもコンビニもなく、子供のころからほとんど変わっていない。若い人が都会に出ていきたがる気持ちもわかるが、浩介は自然に囲まれた村のゆったりした雰囲気が好きだった。

　ふと不安になる。

　温泉目当ての客が大挙して押し寄せたら、この静かな村はいったいどうなってしまうのだろう。年々人口が減少している限界集落にとって、温泉街の建設は願ってもない話だ。確かに村は潤うに違いない。でも、本当にそれでいいのだろうか。

（ううん……）

　浩介はハンドルを握りながら思わず唸った。

　そもそも温泉街を作るには、裏山を売却しなければならない。もう一度、父に相談しに病院へ行こうかとも思うが、おそらく首を縦に振らないだろう。

　やがて目的地である寄合所に到着した。

　じつは今夜、温泉のことで話し合いがあるということで声がかかった。東京から麻美が来ており、村長と村の有力者、それに裏山の所有者である父の代理として浩介が参加することになっていた。

　寄合所の前にはセダンが一台と軽トラが二台ある。すでに他の人たちは集まっているようだ。

　浩介は急いで車を降りると、寄合所に入っていった。

スリッパに履き替えてドアを開ける。すると、ふたつの長机を向かい合わせに並べた島に、四人の男女が座っていた。

グレーのスーツを着た麻美の隣に、濃紺のスーツ姿の女性がいる。そして向かい側には村長と大地主の山岡敬造《やまおかけいぞう》の姿があった。

「おお、浩介くん」

最初に声をかけてきたのは村長だ。

満面に笑みを浮かべて手招きしている。その浮かれた表情を目にして、浩介の胸に不安がひろがった。

おそらく村長は温泉街を作ることしか考えていない。頭のなかには輝かしい村の未来がひろがっているはずだ。父が裏山を売却する気がないとは微塵も思っていないのだろう。

「そんなところに突っ立ってないで、早く座りなさい」

山岡も穏やかな表情で声をかけてきた。

今年、古希《こき》を迎えたが、まだまだ元気で背筋もしゃんと伸びている。多くの田畑を所有しており、村人たちに安く貸し出していた。自身も息子といっしょに稲作を行っているため、よく焼けた肌が健康的だった。

「こんばんは。遅くなってすみません」

浩介は緊張ぎみに挨拶すると、村長の隣のパイプ椅子に腰かけた。

「お久しぶりです」

向かいの席の麻美が話しかけてくる。露天風呂で関係を持って以来だが、何事もなかったように微笑を浮かべていた。

「ど、どうも……」

どうしても意識してしまう。あの夜の激しいセックスが脳裏によみがえり、まともに目を見ることができなかった。

あれだけ乱れておきながら、今はいかにも仕事ができそうなキャリアウーマンの顔になっている。さすがとしか言いようがない。ビジネスのためなら、身体を使うことも厭《いと》わないのだろう。

(まいったな……)

浩介は額に汗が滲むのを感じていた。

身体の関係を持ったことで断りづらくなっている。はっきり言われたわけではないが、父を説得しなければならない気がしていた。

「彼女はわたしの部下の相内《あいうち》です」

麻美が紹介すると、隣に座っていた女性が立ちあがった。

「相内穂花《ほのか》です。よろしくお願いいたします」

丁重に頭をさげて、名刺を差し出してくる。浩介も慌てて立ちあがると、両手でしっかり受け取った。

「どうも、ご丁寧に……真崎浩介です」

「お話はうかがっております。微力ながらご協力させていただければと思っております」

穂花は入社一年目の二十三歳で、麻美の直属の部下だという。セミロングの黒髪と緊張ぎみの表情に、初々《ういうい》しさが滲んでいた。丸顔に黒目がちの瞳が特徴的だ。クールビューティな麻美とは対照的な愛らしいタイプの女性だった。

麻美と穂花は昨日東京からやってきて、隣町の民宿に宿泊していた。すでに裏山の温泉も確認してきたらしい。

「これからの温泉は、若い客層も取りこまなければなりません。そのため今回のプロジェクトに相内を抜擢しました」

若手社員をプロジェクトチームに加えることで、若年層にもアピールできる温泉街の建設を目指すという。

「新人ではありますが、やる気はありますので、みなさまのお役に立てると思います」

「よろしくお願いします」

麻美の言葉を受けて、穂花が再び頭をさげる。少し硬すぎる感じもするが、この生《き》真面目《まじめ》さは好感が持てた。

「うんうん、若い人の意見も大切ですね」

「若者にもたくさん来てもらいたいですな」

村長が同意すれば、山岡も大きくうなずく。まだ裏山の売却が決まったわけでもないのに、ふたりともすっかりその気になっていた。

「浩介さんもそう思いませんか？」

ふいに麻美が話を振ってくる。若年層を取りこむ以前に、父を説得できるかどうかが問題だった。

「そ、そうですね……」

そのひと言を口にするだけで精いっぱいだ。浩介は麻美の目を見ることができず、おどおどと視線をそらした。

村長だけではなく山岡まで取りこんでおり、ますます断りにくい雰囲気になっている。なんとしても裏山を買い取り、開発を進めるつもりなのだろう。

「まず温泉の成分ですが、詳しく検査した結果、非常に良質だということがわかりました」

麻美の言葉に、村長と山岡が満足げな笑みを浮かべた。

「効能としては肩凝りや腰痛はもちろん、リウマチや冷え性、肌にもいい成分が含まれています」

「じゃあ、泉質は問題ないということですね」

村長が我慢できないといった感じで口を挟む。すると麻美は自信満々の表情でうなずいた。

「間違いありません。源泉掛け流しというのも大きな売りになります」

「いいですな。近くにうちの土地があるので飲食店を開こうと思っています。雇用も生まれますし、農家の人たちを採用すれば、いずれは出稼ぎに行かなくてすむようになるかもしれませんよ」

山岡が温泉に便乗した計画を口にする。温泉成分が良質だったことで、誰もが盛りあがっていた。

「わたしも若いころ、冬になると出稼ぎに行ってましたよ。工事現場をまわって大変でした。村に仕事があるなら、なによりですな」

村長も昔は苦労したらしい。だからこそ、村をなんとかして盛りあげたいと思っているのだろう。

「東京本社で何度か会議を重ねた結果、まずはメインとなる地上五階建ての温泉旅館を建設する方向で話が進んでいます」

麻美はそこまで言って、隣の穂花をチラリと見やった。

「あ、あと、レジャー感覚で楽しめる温泉……プールなどもあるスーパー銭湯のような施設の建設も検討しています」

穂花が緊張ぎみに発表する。これはおそらく彼女の発案なのだろう。確かに若者にアピールできる施設かもしれない。

(まずい……これはまずい流れだ)

浩介は内心焦っていた。

完全に温泉街を建設できるものとして話が進んでいる。村長も山岡も村おこしになると思って完全に舞いあがっていた。

今さら父は裏山を売る気はありません、などと言える雰囲気ではない。だが、ここで黙っていたら、ますますおかしなことになってしまう。

「あ、あの、ひとつ確認させていただいてよろしいでしょうか」

浩介は遠慮がちに切り出した。

みんなの視線がいっせいに集まってくる。緊張感が高まり、思わず言葉につまってしまう。

「なにか気になることがありますか？」

麻美の口調は穏やかだが、切れ長の瞳が威圧的だ。もしかしたら、浩介が言おうとしていることをわかっているのかもしれなかった。

「さ、最初に聞いていたより、大きな開発になりそうだなと思いまして……景観が変わりすぎると、父がなんて言うか……」

遠まわしに売却できないことを匂わせようとする。だが、麻美はまるで聞く耳を持たなかった。

「温泉街の計画は当初からありましたから、大幅な路線変更というわけではありません。ただ泉質が想定よりよかったため、かなりの集客が見こめると思って計画を進めています」

「と、とにかく俺の一存では決められないので、もう一度、父に相談しないと……入院中ですので回復するまで待ってもらえませんか」

少しでも時間稼ぎをしたい。その間に父を説得するのか、断る理由を考えるのかするつもりだった。

「もうプロジェクトは動きはじめています。足踏みしている時間はないですよ」

麻美の言葉に気圧《けお》されて、それ以上なにも言えなくなってしまう。露天風呂でセックスしたせいで、なんとなく弱みを握られた気分だった。契約するとは言っていないが、彼女のなかでは既成事実となっている。

「どうせなら、もっと大きな旅館でもいいんじゃないですかね」

ふいに発言したのは村長だ。欲が出たのか目がやけにギラついていた。

「大型バスが停められる駐車場も必要だな」

山岡の頭のなかでも計画がひろがっているようだ。なにやらひとりで何度もうなずいていた。

(なんだ、この感じは……)

浩介ひとりが冷静だった。

みんなが乗り気になって浮かれている。本当にこれでいいのだろうか。目先の利益に惑わされている様子を見ていると、なにやら不安になってくる。長閑だった田舎の村が、にわかに騒がしくなってきた。

話し合いは終始浮ついた感じで進んだ。

浩介が裏山を売却するように父を説得できれば、すぐにでも開発がはじまりそうな気配だった。

「では、今夜はこれくらいにしましょうか」

麻美の言葉で話し合いは終了した。

また進展があれば集まることになるだろう。父を説得するのは浩介の役目だ。それを考えると気が重かった。

「じゃあ、お先に失礼するよ」

「浩介くん、よろしく頼むよ」

村長と山岡が帰り、浩介もあとにつづこうと腰を浮かしかけた。

「浩介さん、もう少しだけお時間よろしいですか」

そのとき麻美から声がかかった。

もしかしたら、またお誘いだろうか。でも、今度は絶対に断るつもりだ。これ以上、関係を持つと、本当に逆らえなくなる気がした。

「明日の仕事の準備があるんで――」

「うちの相内と色々とお話をしてもらいたいんです」

浩介の声を遮《さえぎ》り、麻美の唇から紡《つむ》がれたのは意外な言葉だった。

「相内さんと？」

思わず見やると、穂花は緊張した面持ちで見つめ返してきた。どうやら、事前に麻美から命じられているようだった。

「わたしは宿に戻ります。そのほうが話が弾むでしょう。若年層を取りこむためのプランを相内と話し合っていただきたいのです」

言っていることは筋が通っているが、まったく予想していなかった申し出に、ついつい身構えてしまう。

「真崎さん、よろしくお願いします」

ふいに穂花が立ちあがり、腰を九十度に折って頭をさげた。

いかにも生真面目そうな様子に困惑してしまう。麻美が妖艶《ようえん》な美熟女なら、穂花はなにも知らない初心《うぶ》な新人ＯＬだった。

「なんとしても、このプロジェクトを成功させたいんです。お忙しいところかと思いますが、どうかお願いいたします」

穂花は懸命に頼みこんできた。

一所懸命さが伝わってくるから突き放せない。浩介は困惑しながらもうなずくしかなかった。

「わかりました……」

「ありがとうございます。では、帰る前にお茶を淹れておきますから、リラックスして話し合ってください」

麻美が給湯室に向かって歩き出した。

「あっ、わたしが……」

慌てて穂花が追いかけようとする。だが、麻美は右手を軽くあげて制した。

「あなたは座って、浩介さんとお話をしてなさい」

「は、はい……」

穂花は再びパイプ椅子に腰かけるが、やはり緊張しているらしい。いざとなると言葉が出ないようでもじもじしていた。

「沢井さん、お茶なんて淹れてくれるんですね」

浩介のほうから話しかけるが、穂花は硬い表情でうなずくだけだった。

間が持たずに振り返ると、麻美は給湯室でお茶を淹れていた。

寄合所にはインスタントコーヒーやお茶が常備してある。麻美はすでに何度かここに来ており、村長たちと話し合いを重ねていた。だから、給湯室のことも把握しているようだった。

しばらくして、麻美が湯飲みをふたつ載せたお盆を持って戻ってきた。

「若い人同士でゆっくりお話をしてください。雑談からヒントが見つかることもよくありますから」

麻美は湯飲みを長机に置くと、浩介の目を見つめてくる。時間にすればほんの一瞬のことだが、なにやら意味深な視線が気になった。

「相内さん、くれぐれもお願いね。それではお先に失礼いたします」

ふたりに声をかけると、麻美はあっさり寄合所をあとにした。

外で車のエンジンの音が聞こえて、すぐに遠ざかっていく。あたりは静寂に包まれて、いっそう緊張感が高まった。

2

「遅くまですみません。もう少しだけおつき合いしていただけますか？」

穂花が申しわけなさげに話しかけてきた。

「大丈夫です、お気になさらないでください」

彼女の緊張が伝わってくるせいか、なにやら浩介まで硬くなってしまう。間が持たずに、麻美が淹れてくれた湯飲みに手を伸ばした。とりあえず緑茶を喉に流しこむと少しだけ気分が楽になった。

穂花も緊張をほぐしたいのだろう。湯飲みを両手で包みこむように持ち、ピンクの唇を縁につけてひと口飲んだ。

「ンっ……」

微かに漏れる声が愛らしい。思わずまじまじ見つめると、視線に気づいた穂花がはにかんだ笑みを浮かべた。

「ごめんなさい、なにから話せばいいのか……」

「楽にしていいですよ。俺も村長たちがいないほうが気楽ですから」

場の空気をほぐそうと、少しおどけた口調で言ってみる。すると、穂花は口もとに微かな笑みを浮かべてくれた。

「真崎さんもそうなんですか？」

「やっぱり上の人がいると硬くなりますよ。沢井さんは厳しそうですよね」

「はい……って、ち、違います」

穂花は思わずといった感じでうなずき、直後にはっとした様子で否定する。耳までまっ赤に染めあげているのが可愛らしかった。

「麻美さんは厳しいですけど、仕事はできるし、周囲に気配りできる人なんです」

「確かにやり手って感じですよね」

身体を張ってでも目的を達成しようとすることを知っている。若くして課長を務めるのだから、それなりの実績を残してきたのだろう。

「若手のわたしのことも見てくれて、こうしてチャンスをくれるんです。本当に感謝しています」

どうやらバリバリのキャリアウーマンである麻美を尊敬しているらしい。だが、麻美はどういうつもりで、ふたりきりにしたのだろう。若者の意見を取り入れるためと言っていたが、それだけとは思えなかった。

「普通、入社して一年目は営業部内のサポートをしながら仕事を覚えていくんです。でも、麻美さんが今回のプロジェクトに声をかけてくださったんです」

聞けば聞くほど、生真面目な穂花が利用されているように感じてしまう。本人はそれをわかっているのだろうか。

「ところで、相内さんはどうして今の会社に入ったの？」

深い意味はなかった。雑談の延長のつもりだったが穂花は一瞬黙りこんだ。

「じつは……わたしの父は会社を経営しているんです」

穂花の父親は不動産会社を経営しているという。

彼女はいわゆる深窓の令嬢で、幼いころから何不自由なく育てられた。幼稚園から有名私立に通い、お嬢さま大学を卒業している。親の関連会社に就職することもできたが、自分の意志で就職活動をして今の会社に入社した。

「それまでずっと親に言われたとおりにやってきたので、自分の足で歩いてみたかったんです」

あえて自ら厳しい道を選んだらしい。可愛らしい顔に似合わず、意外と芯は強いようだった。

「麻美さんに出会えたから、今の会社に入って本当によかったと思ってます」

野心的なキャリアウーマンである麻美は、お嬢さま育ちの穂花のまわりにはいなかったタイプだろう。これまで出会ったことのない強い女性に、彼女が憧れるのもわかる気がした。

「わたしもがんばって、麻美さんみたいに認められたいんです」

穂花はキラキラした瞳で語ると、急にはっとした様子で手で口を覆った。

「ごめんなさい、わたしばっかりしゃべってしまって」

「いえいえ、全然大丈夫ですよ」

「麻美さんに、しっかりディスカッションしてきなさいって言われてたのに……」

ぽつりとつぶやき、穂花は羞恥をごまかすようにお茶を飲んだ。

「彼女さんはいないんですか？」

唐突に穂花が尋ねてくる。思わず見やると、彼女の頬はほんのり淡いピンクに染まっていた。

（どうして、そんなことを聞くんだ？）

不思議に思って首をかしげたときだった。頭がクラッとして、体がふわふわするような感覚に襲われた。

疲れているのだろうか。体温もあがっている気がする。違和感を覚えながらも口を開いた。

「大学のときはつき合ってる子がいたんだけど、就職してからダメになって、それ以来、出会いがなくてね」

別に隠す必要もないのでさらりと話した。

大学ではじめての彼女ができて、初体験もその子だった。ところが就職して互いに忙しくなり、会えない日がつづいた。自然消滅に近い形で別れることになって、その後は彼女を作る暇がなかった。

帰郷して一年経つが、彼女はできないままだ。

なにしろ田舎の村なので、なかなか出会いがない。のんびりした暮らしは気に入っているが、結婚のことを考えると少々不安だった。

「温泉施設が充実すれば、若い人との出会いが増えるかもしれませんね」

穂花が温泉の話を振ってきた。いよいよ本題に入ろうというのだろう。しかし、父が裏山を売らないかぎり温泉街は作れない。実現の可能性は限りなく低かった。

「相内さんは彼氏いるの？」

温泉の話から離れたくて尋ねてみる。すると、穂花はピンクに染まっていた頬をさらに赤らめた。

「います……同じ会社の先輩です」

恥ずかしげにつぶやき、そっと髪を掻きあげる。なにやら落ち着かない様子で、しきりに腰をよじらせていた。

「どうかしましたか？」

「なんだか身体が熱くて……」

穂花の顔が火照っている。首筋や耳も赤くなっており、瞳は呆けたようにトロンと潤んでいた。

じつは、浩介も同じだった。

先ほどから熱がこもったように全身が熱くなっており、頭もボーッとしていた。それでいながら、なぜか股間がむずむずしている。若い女性とふたりきりでいるせいだろうか。

「そろそろ終わりにしませんか」

浩介から切り出した。

どういうわけか穂花のことが気になって仕方がない。なにか間違いが起きる前に帰したほうがいいだろう。

「でも……」

「ちょっと体調がすぐれないので、お話は後日にしましょう」

穂花は引きとめようとしたが、浩介は強引に打ちきった。とにかく、この状況はまずい気がする。こうしている間も、体の火照りはどんどん大きくなっていた。

「タクシーを呼ばないと……」

おそらく麻美といっしょに車で来たのだろう。いつも麻美は隣町でレンタカーを借りて、自分で運転していた。

「送っていきますよ」

この村にタクシーなど走っているはずがなかった。

電話で呼ぶしかないのだが、それだと隣町から来るので時間がかかる。最初から浩介が車で送っていくほうが早かった。

「俺の運転でよければ」

「そんな、ご迷惑では……」

「構いませんよ。行きましょう」

とにかく早く切りあげようと立ちあがる。その瞬間、軽い目眩《めまい》に襲われた。

(うっ……なんかおかしいぞ)

とっさに長机に手をつき、両脚を踏ん張った。

風邪でも引いたのだろうか。ところが、体の怠さはいっさいない。喉の調子も悪くないし、鼻水が出るわけでもなかった。

穂花も長机にもたれかかり、なぜか息を切らしていた。まるで全力疾走したあとのように、赤い顔で呼吸を乱している。その表情が艶っぽくて、ますます目眩が大きくなった。

「行きますよ」

「は、はい……」

浩介が声をかけると、穂花は足もとをフラつかせながらついてきた。

外はすっかり日が落ちていたが、今夜は月が出ていて意外と明るかった。セダンの助手席に穂花を座らせると、浩介も運転席に乗りこんだ。

「じゃあ、いきます」

さっそくエンジンをかけて走り出した。

田舎道とはいえ、事故を起こしたら大変だ。なにしろ頭がぼんやりしてるので安全運転を心がけた。

3

街路灯の数は少ないが、月明かりが道路を照らしていた。

この時間、道路に飛び出してくるのは人間ではなく、狸や猪などの野生動物のほうが圧倒的に多い。浩介は慎重にハンドルを握り、田んぼのなかの田舎道をトロトロと走っていた。

(どうしたっていうんだ……)

身体の火照りはさらに強くなっている。

車のほんのわずかな振動が、なぜか股間に響いてしまう。助手席の穂花から漂ってくる甘いシャンプーの香りも刺激になった。

「くっ……」

ボクサーブリーフの布地が擦れるだけで、亀頭がズクリと疼き出す。そして、ついに男根がムクムクとふくらみはじめた。

(今はダメだ、収まってくれ……)

必死に心のなかで念じるが、肉棒の膨張をとめることはできなかった。

チノパンの股間が痛いくらいに突っ張っている。アクセルを踏みにくいが、なんとかこらえて運転をつづけていた。

車に乗ってから、いっさい会話がなかった。

なぜか穂花もむっつり黙りこんでいる。無言の時間がつづくと、どんどん気まずくなってしまう。

浩介はハンドルを握りながら助手席をチラリと見やった。

フロントガラス越しに月光が差しこんでいるため、穂花の横顔が確認できた。虚ろな瞳で窓の外をぼんやり眺めている。唇が半開きになっており、ハアハアと胸を喘がせていた。

(もしかして、相内さんも……)

彼女も興奮しているように見えるのは気のせいだろうか。

呼吸をするたび、大きな乳房が濃紺のジャケットと白いブラウスを持ちあげる。タイトスカートの裾からは、ストッキングに包まれた膝が覗いていた。スーツの下に隠された年下ＯＬの女体を意識して、男根がますますふくらんだ。

(も、もう……)

自分でもはっきりわかるほど欲情している。ペニスはこれでもかと勃起して、運転しながらも先端から我慢汁を垂れ流していた。

穂花を見ると余計に興奮してしまう。浩介は二度と彼女を視界に入れまいと、前だけを見て運転した。とにかく、一刻も早く穂花を送り届けて、その後どこかでペニスをしごくしかないと思った。

「ううッ!」

そのとき、股間に鮮烈な刺激が走り抜けた。

驚いて見おろすと、助手席から穂花が手を伸ばしている。ほっそりした指がチノパンのふくらみに重なっており、布地越しにしっかり握りしめていた。

「なっ……なにを？」

スピードを落としながら助手席に視線を向ける。すると、穂花がねっとり潤んだ瞳で見つめていた。

「真崎さんも、わたしと同じなんですね」

まるで独りごとのようにつぶやき、さらにペニスをしっかり握ってくる。チノパンの上からでも、快感が波紋のようにひろがった。

「うくッ、あ、危ないから……」

浩介が声をかけても、彼女は手を離そうとしない。それどころか、布地越しに肉柱をゆったりしごきはじめた。

「ちょ、ちょっと……うむッ」

「さっきから大きくしてましたよね」

どうやら気づかれていたらしい。だからといって、穂花がペニスに触れてくる理由がわからなかった。

「こんなの見せられたら、気になってしまいます」

「な、なにを言ってるんだ」

いくら田舎道とはいえ、危なくて仕方がない。しかし、なにを言っても彼女は聞く耳を持たなかった。

「う、運転してるから……」

「どうして、こんなに硬くしてるんですか？」

「そ、それは……」

なぜかわからないが、寄合所でふたりきりになってから興奮していた。

だが、それは穂花も同じではないのか。顔が火照っており、悩ましく腰をくねらせていた。その仕草はまるで男を誘っているようだった。今なら確信が持てる。穂花も発情しているのだ。

「あ、相内さんだって、興奮してるんだよね？」

なにしろ、今日会ったばかりだというのに股間をまさぐっているのだ。生真面目そうな穂花がこんなことをするとは驚きだった。

「そんなこと、聞かないでください」

顔をまっ赤に染めて恥ずかしげに睫毛を伏せるが、やはりチノパンの股間から手を離さない。愛《いと》おしげに撫でまわしては、しっかり握りしめてきた。

「ううッ……か、彼氏がいるんじゃないの？」

「でも、身体が火照ってしまって……」

やはり穂花も昂っているのだ。なぜかはわからない。とにかく、浩介と同じように欲情しているのは間違いなかった。

「真崎さんのすごく硬いです」

細い指がチノパン越しにペニスを刺激してくる。竿に巻きついては、しこしこ擦り立ててきた。

「くうッ……ほ、本当に危ないって」

もうこれ以上は我慢できない。さらに速度をおとしながら、人目のつかない場所を探して車を走らせた。

隣町に向かう道路からそれて、山道へと入っていく。ある程度進んだところで車を路肩に寄せてサイドブレーキを引いた。もともと車の通りが少ない道だ。しかもこの時間ならまず誰かに見られることはないだろう。

助手席に視線を向けると、穂花が濡れた瞳で見つめていた。月明かりが彼女の発情した顔を照らしている。右手を浩介の股間に伸ばしており、チノパンの上からしきりに男根を擦っていた。

「相内さん……」

もう歯止めが利かないほど欲望がふくれあがっている。浩介は助手席に身を乗り出し、いきなり彼女の唇を奪っていた。

「ンンっ、真崎さん」

穂花はいやがる素振りをいっさい見せず、顎を少し持ちあげて唇を差し出してくれる。彼女のぽってりとした唇は蕩けそうなほど柔らかく、吐息はかぐわしくて牡の欲望が煽り立てられた。

舌を伸ばして彼女の口内に忍ばせる。すると、すぐに舌が絡みついてきて、やさしくチュウッと吸いあげられた。

「あふンっ……はあンっ」

いかにも清純そうだった新人ＯＬが、積極的にディープキスをしかけてくる。粘膜を擦りつけては、唾液ごと吸引してくるのだ。浩介もお返しとばかりに彼女の唾液を啜りあげては飲みくだした。

（ああっ、なんて甘いんだ）

唾液を味わうことで、頭の芯がジーンと痺れてくる。舌を絡ませて口腔粘膜を舐め合うと、ますます欲望がふくれあがった。

片手をジャケットのなかに滑りこませて、ブラウスの上から乳房を揉んでみる。しかし、ブラジャーのカップが邪魔をしてもどかしい。すぐにブラウスのボタンをはずして前をはだけさせた。

（おおっ……）

浩介は思わず腹のなかで唸った。

月明かりに照らし出されたのは淡いピンクのブラジャーだ。ハーフカップから新鮮な柔肉がはみ出していた。

すぐにカップを押しあげて、双つの乳房を剝き出しにする。瑞々《みずみず》しく張りつめており、ミルキーピンクの乳首はツンと上向きだ。しかも硬く充血して、乳輪までふくらんでいた。

「相内さんも、こんなに……」

彼女の興奮度合いが手に取るように伝わってくる。すぐ目の前でぷっくり飛び出した乳首がフルフルと震えていた。

「は、恥ずかしいです……」

穂花は顔をそむけるが、乳房は晒したままだった。手で覆い隠すこともできるのに、それよりも男根に触れることを選んでいた。

両手を伸ばして浩介のベルトを緩めると、チノパンのボタンをはずしてファスナーをジジジッとおろしていく。さらにボクサーブリーフもずらして、屹立したペニスを剝き出しにした。

「ああっ、すごいです」

車内にカウパー汁の匂いがひろがっていく。それでも穂花はいやがる顔をするどころか、うっとりした表情で深呼吸を繰り返した。

瞳をますます潤ませて、すぐさま男根に指を巻きつけてくる。我慢汁で濡れているが、気にする様子もなくしっかり握りしめてきた。

「くうッ」

たったそれだけで快感がひろがり、呻き声が漏れてしまう。太幹を細い指で擦られると、さらに愉悦が大きくなった。

「か、硬いです……ああっ、こんなに硬いなんて」

穂花の昂った声が、浩介の欲望を煽り立てる。お返しとばかりに乳房を両手でこってり揉みしだいた。

「あンっ……ああンっ」

柔肉に指を沈みこませるたび、彼女の唇から甘い声が溢れ出す。なめらかな肌の質感と溶けてしまいそうな乳肉の感触がたまらない。浩介は夢中になって双乳を揉みまくり、さらには先端で揺れる双つの乳首をそっと摘まみあげた。

「ああぁッ！」

穂花の反応は思っていた以上に激しかった。

助手席で女体を仰け反らせて、ヘッドレストに後頭部を押しつける。それと同時にペニスに巻きつけた指にも力が入った。

「ぬおッ……っ、強いよ」

「ご、ごめんなさい……」

慌てて謝罪すると、穂花は少し力をゆるめて指をシコシコと動かしはじめた。

カウパー汁が肉柱全体にひろがり、潤滑油の役割をはたしている。明らかに慣れていないぎこちない動きだが、初心な感じがかえって興奮を誘う。健気な愛撫が快楽を生み出し、さらなる我慢汁が分泌された。

「こんなに硬くして……」

双つの乳首を指先で摘まんで、やさしく転がしてやる。すると穂花は切なげな表情になり、腰をくなくなとくねらせた。

「あンっ、そこばっかり」

「でも、気持ちいいんでしょ？」

異様なほどテンションがあがっている。浩介は指先で乳首を軽く弾いて、穂花の顔を覗きこんだ。

「ほら、ここが感じるだよね？」

「は、はい……あぁンっ」

素直に答えるところが可愛らしい。だから余計に感じさせたくなり、浩介は乳首にむしゃぶりついた。

「あぁッ、そ、そんな……」

穂花のとまどいの声を無視して、乳輪ごと口に含んで吸いあげる。さらには唾液を乗せた舌で遠慮することなく舐めまわした。

「あッ……あッ……」

半開きの唇から切れぎれの喘ぎ声が溢れ出す。穂花はしきりに腰をよじり、タイトスカートのなかでは内腿を擦り合わせていた。

（こんな真面目そうな女の子が……）

異様な興奮状態のなか、頭の片隅でふと思う。

彼氏もいるのに、出会ったばかりの浩介に乳房をしゃぶらせている。まったく抗うことなく、ペニスをしっかり握りしめていた。

（どうして、こんなことを……）

もしかしたら、彼氏とのセックスでは満足できないのだろうか。

清純そうな見た目とのギャップになおさら気分が高揚する。乳輪にねっとり舌を這いまわらせて、唾液をたっぷり塗りこんでいく。コリッとした乳首を舌先で小突いては、口のなかで執拗に転がした。

「ああンッ、胸ばっかり……」

左右の乳首を交互にしゃぶり、好き放題に吸いまくる。乳房もこってり揉みしだいて、蕩けそうな感触を心ゆくまで堪能した。

乳房から顔をあげると、穂花の発情した顔を覗きこむ。瞳はとろんと潤み、開きっぱなしの唇からは熱い吐息が漏れている。唾液を浴びた乳首は、月光を浴びてヌラリと光っていた。

「相内さんがこんなに淫らだったなんて意外でしたよ」

「いや……そんなこと言わないでください」

上目遣いに見つめてつぶやくが、穂花の手は男根をしっかりつかんでいる。細い指を我慢汁まみれにして、太幹をゆるゆるとしごいていた。呼吸も荒くなっており、物欲しげな瞳で見あげていた。

「もっと、気持ちよく……」

欲望はふくれあがる一方だ。浩介は助手席の脇のレバーを引き、シートの背もたれを一気に倒した。ほぼフラットになり、穂花は仰向けの状態になった。

「ああ、真崎さん」

穂花が喘ぎまじりにつぶやいた。その声に誘われて、浩介は右手を彼女の下半身へと伸ばしていく。ストッキングに包まれた膝をそっと撫でると、それだけで女体がピクッと敏感に反応した。

「あンっ……ダ、ダメです」

口ではダメと言いながら、ぴったり閉じていた膝から力が抜ける。太腿を撫であげると、内腿が少しずつ開いていく。男根をしごくスピードもアップして、腰を艶めかしくよじらせた。

「いやらしい……すごくいやらしいよ」

月明かりの下で悶える女体が、牡の欲望を刺激する。こんな姿を目の当たりにしたら、もうじっとしていられなかった。

太腿を撫でながらタイトスカートのなかに手を滑りこませる。その結果、手首でスカートの裾を押しあげることになり、ストッキングに包まれた股間が見えてきた。淡いピンクのパンティが透けている。ウエストの部分に小さなリボンのついた可愛らしいデザインだった。

それを見た瞬間、頭のなかが燃えるように熱くなる。気づいたときにはストッキングの股間に爪を立てて、思いきり引き裂いていた。

ビリッ、ビリリッ──。

化学繊維の裂ける音が狭い車内に響き渡る。それと同時に穂花が小さな悲鳴をあげて、助手席の上で身をよじった。

「い、いやっ、あああッ」

しかし、浩介の手を振り払うことはしない。それどころか媚《こ》びを含んだ瞳になり、腰を右に左にくねらせた。

ストッキングに開いた穴から、淡いピンクのパンティが覗いている。フロントガラス越しに差しこむ月光が、パンティの船底に滲んだ染みを照らし出した。そこに触れるとクチュッという湿った音が響いて、指先に確かなヌメリが伝わった。

「すごく濡れてるよ」

「ああッ、そ、そこは……」

軽く押しただけでも女体は顕著に反応する。慌てたように脚を閉じて、浩介の手を内腿で挟みこんできた。

もしかしたら強引にされることで感じるタイプなのかもしれない。物は試しと指先でパンティの船底を押しつづける。すると、ニチュッ、ヌチュッという蜜音が立てつづけに聞こえて、そのたびに穂花は股間を何度も跳ねあげた。

「あッ……あッ……」

パンティの染みがひろがっていく。湿った音も大きくなり、甘酸っぱい牝の匂いまで漂ってきた。拒む素振りを見せたが感じているのは明らかだ。これならもう遠慮する必要はないだろう。

「もうグッショリじゃないか」

興奮のあまり、つい口調が強くなった。

すでにペニスは破裂寸前まで膨張している。穂花がずっと握りしめているので、鈍《にぶ》い快感が常にひろがっていた。カウパー汁がとまらず、腰が絶えず震えている状態だ。一刻も早くつながりたくて仕方なかった。

もう脱がしている余裕はない。パンティの船底を脇にずらし、ついに秘められた部分を剝き出しにした。

「み、見えた……見えたぞ」

浩介は白い内腿の中心部をまじまじと覗きこんだ。

陰毛は極細でうっすらとしか生えておらず、肌色に近い慎ましやかな陰唇が震えていた。しかし、二枚の肉唇はたっぷりの華蜜で潤っている。透明な汁が溢れて、蟻の門渡りから肛門までしっかり濡らしていた。

「そ、そんなに見ないでください」

訴えてくる穂花の声は上擦っている。羞恥に身をよじっているが、視線を感じて興奮しているのは間違いない。その証拠に陰唇の合わせ目から、新たな蜜がじくじくと滲み出していた。

「も、もう、いいよね」

浩介は運転席から身を乗り出し、助手席の穂花に覆いかぶさった。

彼女の足首をつかんで大きく持ちあげる。足の裏を天井に向けて股間を剥き出しにすると、屹立したペニスを押しつけた。

「ああッ、か、硬いです、あああッ」

そのまま体重を浴びせて、いきり勃《た》った肉柱を沈みこませていく。女壺はトロトロに潤んでおり、亀頭を簡単に受け入れた。

「おおおッ、相内さんのなか、すごく熱いよ」

膣口がキュウッと締まり、カリ首に食いこんでくる。浩介は快楽の呻きを漏らしながら、さらにじわじわとペニスを押し進めた。

「あッ……ああッ」

カリが膣壁を擦ることで、女体に小刻みな震えが走った。

みっしりつまった媚肉を掻きわけて、亀頭を膣道の奥まで埋めこんでいく。膣内にたまっていた華蜜が溢れ出し、ふたりの股間を濡らしている。ヌルヌルとすべる感触に誘われて、さらに奥までペニスを挿入した。

「はあああッ！」

亀頭が女壺の最深部に到達すると、穂花の小さな顎が跳ねあがった。

膣道全体がうねっており、四方八方から濡れ襞がペニスに這いまわる。奥に引きこみながら、思いきり絞りあげてきた。

「くううッ、し、締まるっ」

たまらず呻き、慌てて腰を引いてペニスを後退させる。そして、蜜壺の浅瀬を亀頭でクチュクチュ掻きまわした。

「あううッ、そ、そこ、あああッ」

穂花が眉を八の字に歪めて訴えてくる。どうやら膣の浅い場所が感じるらしく、くびれた腰にぶるるっと震えが走った。

「うおッ、ま、また締まるっ、ぬううッ」

女壺が収縮して、ペニスをこれでもかと締めあげる。鮮烈な快感がひろがり、全身の毛穴から汗がどっと噴き出した。

ふたりとも昂っており、挿入しただけでも凄まじい興奮状態に陥った。

さっそく腰を振りはじめる。しかし、狭い車内ではどうしても動きが制限されてしまう。激しく出し入れしたいのに、助手席では上手く腰を振ることができない。結果として、浅い場所ばかりを掻きまわすピストンになっていた。

「あンっ……ああン……なかが擦れてます」

穂花が切なげな瞳で見あげてくる。両手を伸ばして浩介の腰に添えていた。

もっと激しい抽送を欲しているのか、浩介の動きに合わせて股間をクイクイしゃくりあげてくる。浅いピストンがかえって、これまでにない愉悦を生み出していた。激しいピストンとは異なる、焦れるような快感だった。

「ううッ……ううッ」

浩介はペニスが抜け落ちないように注意しながら、腰をゆったり振っていた。

「相内さんのなか、すごく気持ちいいよ」

もう我慢汁がとまらない。女壺を味わうように、時間をかけて抜き差しする。愛蜜が奥からどんどん溢れてきて、ペニスをねっとり包みこんだ。

「ああッ、こんなにゆっくり……はううッ、いやらしいです」

膣が収縮と弛緩を繰り返し、肉柱をやさしくマッサージする。穂花も浅い場所をスローペースでピストンされる刺激に溺れているらしく、唇の端から涎を垂らしながら喘いでいた。

「おううッ、すごい……すごいよ」

ゆっくり動いているからこそ、女壺の感触をじっくり堪能できる。これまでのセックスでは気づかなかった感覚だった。

無数の膣襞が亀頭の表面を這いまわり、カリの裏側にまで入りこんでいた。膣口もこれでもかと収縮して、肉胴を強烈に絞りあげてくる。愛蜜でコーティングされたペニスが、咀嚼《そしやく》するように蠢く媚肉のなかで我慢汁を垂れ流していた。

「き、気持ちいい……ううッ」

「ああッ、わ、わたしもです……あああッ」

男根が女壺のなかをゆっくり出入りしている。じんわり動かすことで、快感がより濃厚なものになっていた。

「ぬううッ、こんなにいいなんて……」

「こ、こんなの知らないです……はあァッ」

車内に浩介の呻き声と穂花の喘ぎ声が響き渡った。

結合部分はふたりの体液でドロドロだ。いつしか膣と男根が一体化したような錯覚に陥り、ひたすら快楽を求めて腰を振りつづけた。

「ううッ、も、もっと……うううッ」

いよいよペニスを根元まで押しこみ、体重を浴びせかける。彼女の脚を持ちあげているため、屈曲位のような体勢になっていた。亀頭で子宮口を圧迫すると、膣道全体が激しくうねった。

「はああッ、真崎さんっ」

穂花が両手を浩介の尻にまわしこんでくる。尻たぶをしっかり抱えて、さらなる挿入をねだるように引き寄せた。

「おううッ、先っぽが子宮に入りそうだ」

実際に入ることはないが、それくらいの勢いでペニスが膣にめりこんでいる。先端で膣奥を強く圧迫しているのがわかり、女体も敏感に反応していた。

「ああァッ、当たってる……奥に当たってます」

穂花の喘ぎ声がいっそう大きくなった。

根元まで挿入した状態で、のの字を描くように腰をまわしてみる。亀頭でグリグリ子宮口を擦ってやれば、穂花は髪を振り乱してよがり泣いた。

「はああッ、そ、それダメっ、それダメですっ」

「これが気持ちいいんだね……ううぅッ」

「ああッ、あああッ、い、いいっ」

喘ぎ声がどんどん大きくなっていく。

ゆったりとしたピストンでも、いよいよ絶頂が迫ってきたらしい。穂花は切羽つまった表情になり、浩介の尻たぶに指を強く食いこませた。

「あああッ、も、もっと、もっとくださいっ」

「あ、相内さんっ、くぅぅうッ」

狭くて動きにくいなかでも、腰の動きを速めていく。ストロークこそ小さいが、膣奥に亀頭をコツン、コツンと叩きつけた。

「ああッ、ああッ、そ、それ、いいですっ」

「くッ……ま、また締まってきた」

ふたりは同時に昂り、息を合わせて腰を振る。浩介がペニスを深く打ちこめば、穂花は股間を迫《せ》りあげて思いきり締めつけた。

「ああッ、も、もう、あああッ、もうダメですっ」

どうやら絶頂が迫っているらしい。訴えてくる声が上擦り、女体がガクガク震えはじめた。

「はああッ、い、いいっ、あああッ、いいっ」

「おおッ、相内さんっ、おおおッ」

浩介も最高潮に昂っている。本能にまかせて狭い車内でも強引に腰を振り、亀頭で子宮口を叩きまくった。車体が揺れてギシギシと音を立てる。その軋む音も快感を高めるスパイスとなり、いよいよ最後の瞬間が迫ってきた。

「もっと、あああッ、もっとぉっ」

穂花が乱れまくり、さらなるピストンをねだってくる。浩介は肉柱を根元まで打ちこみ、全力で子宮口を圧迫した。

「はああッ、いいっ、イッちゃうっ、あああッ、はあああああああッ！」

ついにアクメのよがり泣きが響き渡る。穂花は両手の爪を、浩介の尻たぶに強く食いこませてきた。

「いっ……」

鋭い痛みが走り抜ける。しかし、その刺激が引き金となり、こらえにこらえてきた欲望が爆発した。

「くおおおッ、で、出るっ、おおおおッ、ぬおおおおおおおおッ！」

膣奥に埋めこんだ肉柱が激しく脈動する。大量の精液が尿道を駆け抜けて、先端から勢いよく噴き出した。

「あああッ、熱いっ、ダ、ダメっ、はあああああああああッ！」

熱いザーメンを子宮口に浴びた衝撃で、穂花が立てつづけに達していく。連続アクメで女体を艶めかしく痙攣させた。

ふたりは助手席で折り重なり、絶頂の悦びを貪り合った。

乱れた呼吸の音だけが車内に響いていた。ふたりとも無言だったが、しばらくしてようやく落ちついてきた。

深くつながったまま浩介が顔を寄せると、穂花は顎を微かにあげて睫毛を伏せた。唇を重ねれば、自然とディープキスに発展する。どちらからともなく舌を伸ばして絡ませると、唾液を交換して飲み合った。

絶頂の余韻のなかで交わす口づけは、まさに甘露の味わいだ。快楽にどっぷり浸りながら、ふたりはいつまでも舌を絡ませていた。

# 第四章　なまめく山村

## 1

翌日の午前十時すぎ——。

浩介は田んぼの土をチェックしていた。

冬の間に硬くなった土をトラクターでしっかり耕さなければならない。これはとても重要な作業で、稲の初期段階の生育が違ってくるのだ。トラクターの整備も終わったことだし、そろそろ耕してみるつもりだった。

(それにしても……)

またしても昨夜のことが脳裏に浮かんだ。

寄合所で話し合いがあり、最後に浩介と穂花のふたりが残った。若者同士で意見を交わし、アイデアを出し合うはずだったが、どういうわけか体が火照り妖しい雰囲気になったのでお開きにした。

その後、浩介が運転する車で穂花を隣町の民宿まで送り届けることになった。ところが車中で欲望がどうしようもないほどふくらんだ。しかも、興奮していたのは彼女も同じだった。

結局、路肩に停めた車のなかで、ふたりはことに及んだ。互いに求め合い、異常なほど燃えあがった。

（あれは、なんだったんだ？）

急激に興奮の波が押し寄せて、瞬く間にペニスが屹立した。

理性で欲望を抑えこもうとしたが、どうすることもできなかった。最終的には発情期を迎えた野生動物のように、セックスすることしか考えられなくなっていた。自分だけではなく、穂花も同じ状態だった。

穂花は真面目で清純な女性だ。彼氏がいるとも言っていたのに、明らかに発情して浩介のことを求めていた。

（なにかがおかしい……）

暴走する性欲をふたりとも抑えることができなかった。

露天風呂で麻美とセックスしたときも、あり得ないほど興奮した。それに由紀と関係を持ったときも普通ではなかった。

もちろん性欲はあるが人並みだと思う。特別強いわけではないのに、最近はやけに高揚することが多かった。

「やあ、浩介くん」

ふいに名前を呼ばれて振り返る。

すると、田んぼの脇の道路に、黒塗りの車が停まっていた。助手席の窓から顔を覗かせているのは村長だ。考えごとをしていたため、車が走ってきたことに気づかなかった。

ハンドルを握っているのは村役場の総務課長、飯田辰雄《いいだたつお》だ。五十すぎの生真面目な男で、いつもどおり白髪まじりの髪を七三にぴっちりわけている。寡黙《かもく》だが信頼の置ける人物として村民たちの評判はよかった。

「あ、どうも」

「なにをぼんやりしてたのかな？」

村長が怪訝そうな顔で尋ねてきた。どこかいつもと様子が違って見えるが、気のせいだろうか。

「土の具合を見てました。そろそろ耕そうかと思いまして」

「ふむ、そうかね」

なぜか村長の態度は素っ気ない。以前のようになにかアドバイスをもらえるかと思ったが、そんな雰囲気ではなかった。

「ところで、この車どうしたんですか？」

見覚えのない車だ。これまで村役場で使っていたのは、くたびれた白いライトバンだった。

「役場で新調したんだよ。さすがに前の車はオンボロだったたんでね」

村長は胸を張るが、なにかが心に引っかかった。

もともと倹約家で役場の備品なども大切に使っていた。職員にも徹底しており、経費を最小限に抑えているのが村長の自慢だった。それなのに、公用車を買い換えるとはどういうことだろう。

「村長、やっぱり新車はいいですね。今度は喫煙室のソファを新調しませんか？」

飯田もにやにや笑っている。真面目一辺倒だった総務課長が、こんなことを言うとは驚きだった。

「おお、いいじゃないか。さっそく注文するか」

村長がそう言って大声で笑う。冗談を言っているのかと思ったが、どうやら本気のようだった。

いやな予感がした。

（もしかしたら……）

村長も総務課長も、温泉で村が潤うことを見越しているのではないか。

今のところ父は裏山を売る気がない。それなのに温泉街の計画だけがひとり歩きしていた。なかなか言い出せずにいたが、いい加減はっきりさせておかないと、取り返しのつかないことになってしまう。

「あの、じつは――」

浩介が口を開いたとき、村長が言葉を重ねてきた。

「昨夜の話し合いはどうだったね」

「……え？」

「え、じゃないよ。相内さんと話したんだろう。若者を取りこむための新しい案は出たのかね」

昨夜、村長は先に帰ったが、浩介と穂花が残ったことを知っているらしい。苛立ったような目を向けられてとまどってしまう。

「い、いえ、とくに新しい案は……」

「そんなことでは困るじゃないか。あの温泉には村の将来がかかってるんだ」

めずらしく強い口調だった。温厚でみんなから慕われている村長とは思えないほど目つきも鋭くなっていた。

「田んぼを耕している場合じゃないだろう。なにを優先するのか、やることの順番を間違えたらいけないよ」

一瞬耳を疑った。村長の口から出たとは思えない信じられない言葉だった。

この村は稲作で成り立っている。大昔から村民のほとんどが米作りを生業《なりわい》としていた。そのことは誰よりも村長がわかっているはずだ。この時期、なによりも優先するのは田植えの準備ではないのか。

「村長、そろそろお時間が」

飯田が横から口を挟み、迷惑そうに浩介を見た。

「とにかく、沢井さんと話をつめてくれないと困るんだ。しっかり頼むよ」

村長は一方的に捲《まく》し立てると窓を閉めた。

飯田がアクセルを踏みこんで車は走り去った。土埃《つちぼこり》がもうもうと舞いあがるなか、浩介は呆然と立ちつくしていた。

（村長も総務課長もどうしちゃったんだ）

まるで人が変わったようだった。

最近おかしなことばかり起こっている。平和で長閑《のどか》だった村が、どんどん変わっていくようで不安になってしまう。

どうして、こんなことになったのだろう。

思い返せば、麻美が訪ねてきたのがきっかけだった。彼女が提案してきた温泉計画によって、だんだんと村の雰囲気が変化した。

（温泉なんて、出なければよかったのに……）

いったい村はどうなってしまうのだろう。これからのことを考えると恐ろしくてならなかった。

ツナギの胸ポケットに入っている携帯電話が鳴り出した。

取り出してみると、液晶画面には知らない番号が表示されている。一瞬迷ったが、通話ボタンを押してみた。

「はい……」

警戒していたので、訝しげな声になっていたと思う。だが、かぶせるように声が聞こえた。

「沢井です、お世話になっております」

麻美だった。

携帯番号は教えていないが、村長にでも聞いたのだろうか。だが、麻美はその件に触れることなく普通に話しはじめた。

「お話があるのですが、ご足労願えませんか」

宿泊している隣町の民宿まで来いという。

淡々とした口調だが、どこか強制するような響きもある。露天風呂で関係を持ったことで、浩介の上に立った気でいるのだろう。実際、強く出られなくなってしまったのは事実だ。

「そろそろ田んぼを耕さなくてはいけないので……」

遠まわしに断ろうとするが、麻美は一歩も引こうとしなかった。

「昨夜の件、と言えばおわかりでしょうか」

もしかしたら、穂花と関係を持ったことを知っているのだろうか。だとすると、またしても弱みを握られてしまったことになる。

「くっ……」

思わず奥歯を強く噛んだ。

(しょうがない、この際だ……)

いずれはきっちり話をしなければならない。時間が経てば経つほど、面倒なことになるのは目に見えていた。

「わかりました。俺も話したいことがあります」

ちょうどいい機会だと思った。

父は裏山を売る気がまったくないのだ。温泉の計画だけが勝手に進んでいく状況をなんとかしたかった。

「では、お待ちしております」

麻美は最後まで声のトーンを抑えていた。

電話を切った途端、気持ちがズンと重くなった。

一筋縄でいかないのはわかっている。なにを言われるかわからないが、とにかく裏山を売却できないことだけは伝えなければならなかった。

2

いったん家に帰って着替えると、軽トラックを運転して隣町に向かった。二十分ほどで麻美の宿泊している民宿に到着した。

駐車場に軽トラを停めると、浩介は意を決して民宿に足を踏み入れた。

入口で沢井麻美に会いに来たことを伝える。すると、すでに話が通っていたらしく、年配の仲居《なかい》が部屋に案内してくれた。

「沢井さま、お客さまがお見えになりました」

「どうぞ……」

仲居が襖越しに声をかけると、すぐに返事があった。麻美の声に間違いない。そこにいると思うだけで一気に緊張感が高まった。

「失礼します」

仲居が立ち去ると、浩介は小さく息を吐き出してから襖を開けた。

「お呼び立てして申しわけございません」

座椅子に腰をおろしている麻美と目が合った。

口調こそ丁寧で微笑を浮かべているが、瞳の奥には冷徹な光が宿っていた。きっと仕事のことしか頭にないのだろう。プロジェクトを成功させるためなら、どんなことでもするに違いなかった。

麻美は白いブラウスにダークグレーのタイトスカートを穿いていた。ナチュラルベージュのストッキングに包まれた脚を横流しにしている。スカートの裾がずりあがり、太腿がチラリと覗いていた。

(うっ……)

こんなときだというのに露天風呂での情事を思い出してしまう。田舎でのんびり暮らしていた浩介にとって、それだけ強烈な体験だった。

(見るな……惑わされたらダメだ)

心のなかで繰り返し、彼女の脚から意識的に視線をそらした。

部屋をさっと見まわすが、穂花の姿は見当たらない。昨日の今日なので、顔を合わせるのは気まずいと思っていた。どこに行ったのかは知らないが、いないのならそれに越したことはなかった。

「おかけになってください」

「は、はい……」

緊張しながら部屋に足を踏み入れる。そして、座卓を挟んだ向かい側の座椅子に腰をおろした。

「相内なら温泉の視察に行っています」

まるで浩介の内心を見透かしたような言葉だった。しかし、麻美は何食わぬ顔でポットの湯を急須に注いだ。

「そ、そうですか……」

「気になりますか。相内のこと」

目の前に湯飲みが差し出される。湯気がゆらゆらと静かに立ちのぼっていた。

「い、いえ、別に……」

「聞きましたよ。昨夜のこと」

麻美の言葉を耳にした途端、額にじんわり汗が滲んだ。

「本来なら大人同士のことに口出ししませんが、交渉中の相手と肉体関係を持つというのはどうなのでしょう」

口調こそ穏やかだが、射貫くような目つきになっていた。

やはり穂花とセックスしたのは失敗だった。なにしろ、麻美と穂花、ふたりと関係を持ってしまったのだ。麻美はこのことを楯に取って、交渉を有利に進めるつもりなのだろう。

しかし、穂花も発情しており、彼女から誘ってくるような場面もあった。浩介だけが一方的に言われるのは違う気がした。

「あ、あくまでも、同意のうえですから」

ここで引いたら麻美のペースになってしまう。浩介は気圧されまいと、彼女の目を見つめ返した。

「まあいいでしょう。この件に関しては」

勝ち誇ったような言い方が気になった。

(もしかして、最初から……)

頭のなかでパズルが急速に組みあがっていく。

穂花をプロジェクトに抜擢したのも、最初から浩介を誘惑させるためだったのではないか。麻美は従順な部下を利用したのだ。

(俺は、まんまとはめられたんだ)

苛立ちがこみあげるが、もうどうにもならない。ふたりとセックスしたという事実を消すことはできなかった。

「では、裏山の件ですけど」

おもむろに麻美が切り出した。

抑揚を抑えた声だった。麻美は感情を顔に出すことなく、真正面からじっと見つめてきた。

「そろそろ正式な売買契約を結びたいと思っています」

これが本題だ。すっかり主導権を握られてしまったが、これだけは譲るわけにいかなかった。

「そ、そのことなんですが……まだ、ちょっと……」

どうしても弱気な言い方になってしまう。セックスしてしまった後ろめたさが、浩介を追いつめていた。

「泉質の分析も終わって、具体的な施設のプランもいくつかあがっています。同時進行で売買契約を結び、一日でも早く温泉をオープンさせたいんです」

麻美が言葉を畳みかけてくる。しかし、いずれにせよ浩介の一存で決められることではなかった。

「か、簡単に決められることでは……」

額に滲んだ汗を手の甲で拭《ぬぐ》い、カラカラに乾いた喉をお茶で潤した。

今この場で断るのは不可能だ。とりあえず、なんとかやりすごして、次の手立てを考えるしかなかった。

「じつは、こんなものを作ったんです」

麻美が横に置いてあったバッグのなかから、小さな透明の袋を取り出した。

座卓の上を滑らせて、浩介の目の前に差し出してくる。なにやら白い粉末が入っているのが確認できた。

「入浴剤……ですか？」

ふと思い出して口にする。すっかり忘れていたが、確か温泉から入浴剤を作ると言っていた。

「いえ、これも温泉から抽出したものですが、入浴剤ではありません」

もったいぶった言い方が気になった。麻美は同じものを、もうひとつバッグから取り出した。

「裏山の温泉から作った健康食品の試作品です」

「温泉から健康食品……ですか？」

「これを温泉のオープンに合わせて発売しようと考えています。宣伝費も会社からある程度もらえることになっているので、相乗効果を狙っていくつもりです。わたしはこの健康食品が今回のプロジェクトの目玉になると考えています」

麻美の言葉は力強かった。

すでに健康食品の開発まで着手しているとは驚きだ。麻美のやり方にはいろいろ問題もあるが、温泉を本気で売り出そうとしているのは確かだった。

（まずいな、ますます断りにくくなってきた）

浩介が困り果てていると、麻美は手にしていた小袋の封を切った。そして、口に含むとお茶で飲みくだした。

「無味無臭なので飲みやすいです。効果も絶大なので飲んでみてください」

麻美がうながすように見つめてくる。

なんとなく気は進まなかったが、彼女も飲んだのだから大丈夫なはずだ。飲める温泉もあるので、似たようなものではないか。効果があるかどうかは別にして、少なくとも害はないだろう。

この場はおとなしく振る舞って、一刻も早く退散したかった。封を切って粉末を口に入れると、お茶で一気に流しこんだ。確かに無味無臭で、苦い風邪薬を飲むよりも楽だった。

「いかがですか？」

麻美が尋ねてくるが、飲んだ直後でなにか変化があるはずもない。そもそも浩介は健康食品など信用していなかった。

「別に、なにも……」

はっきり効果がないとは言いにくい。浩介は言葉を濁して返答した。しばらく沈黙がつづいたが、しだいに胃が熱くなるのを感じた。

（んっ……）

思わず右手をシャツの上から胃にあてがった。

胃のなかで生じた熱が瞬く間に全身へとひろがり、心臓の鼓動も速くなる。体中が火照《ほて》って、じんわりと汗ばんできた。

（なんだ……この感じは？）

気分が高揚してくる。なにやら下腹部がむずむずして、じっとしていられなくなってきた。

胡座をかいた状態で腰を微かによじらせる。なぜか股間に血液が流れこみ、ペニスがむくむくとふくらみはじめた。今すぐ触れたい衝動がこみあげるが、麻美がいる前でそんなことはできなかった。

「効いてきたみたいですね」

声が聞こえて視線を向ける。すると、座卓の向こう側から、麻美が火照った顔で見つめていた。

「体が熱くなってるんじゃないですか？」

やけに艶っぽい声だった。ビジネスの話をしていたときはクールだったのに、いつしか麻美の瞳はしっとり潤んでいる。視線が重なっただけで、浩介の股間はズクリと疼いた。

（は、早く帰らないと……）

この場にいるのは危険な気がする。すぐに立ち去るべきだ。そうしないと、また過ちを犯してしまいそうだった。

3

「し、仕事があるんで……」

浩介がつぶやくと、麻美がすっと立ちあがって座卓をまわりこんできた。

なにをするのかと思えば、隣で横座りして浩介にしなだれかかる。女体をぴったり寄せて、ダンガリーシャツの肩に顎を乗せてきた。

「そんなに慌てて帰らなくてもいいでしょう」

耳に息を吹きこみながら囁きかけてくる。背筋がゾクゾクするような感覚が湧きあがり、男根がググッと頭をもたげた。

（ううっ……や、やばい）

こらえきれなくなり、ペニスが完全に勃起してしまった。

麻美がすかさず浩介の股間に手を伸ばしてくる。チノパンの上からふくらみを撫でまわして、肉棒を軽くキュッと握ってきた。

「もうこんなに硬くなってますよ」

「そ、それは……」

なんとか言葉を絞り出す。そして彼女の手首をつかむが、どうしても引き剝がすことができなかった。

「ふふっ、どうしたんですか？」

麻美が火照った顔に微笑を浮かべた。

チノパン越しにしごかれると、甘い疼きが湧き起こる。頭ではいけないと思っても、体はさらなる刺激を期待してしまう

あの粉末の効果なのだろうか。急激に気分が高揚して、ペニスが棍棒のように硬直していた。軽く触れられただけなのに、快感が全身へとひろがっている。早くも我慢汁が溢れて、ボクサーブリーフのなかがヌルヌルになっていた。

「か……帰らないと……」

つぶやくだけで動けない。気持ちは帰ろうとしているが、男根をつかまれていると体に力が入らなかった。

「無理しなくてもいいじゃないですか。たっぷり楽しませてあげます。横になってくださいね」

麻美に手を引かれて、気づくと畳の上で仰向けになっていた。

頭のなかまで熱く火照っており、のぼせたようにボーッとなっている。もうまともな判断ができない状態で、あっという間にチノパンとボクサーブリーフを脱がされてしまった。

「あンっ、やっぱり大きい」

麻美が脚の間に入りこんで正座をする。太幹に指を絡みつかせて前屈みになることで、熱い吐息が亀頭に吹きかかった。

「さ、沢井さん、や、やめてください……」

首を持ちあげて股間を見おろすと、麻美の顔が股間に迫っていた。

口では抗うが、どうしても期待してしまう。彼女の手を振り払えばいいのに、どうしてもそれができない。亀頭に息遣いを感じただけで、ゾクゾクするような快感が湧きあがった。

「は……離してください」

「こんなに硬くなってるのに？」

ぽってりとした麻美の唇が、今にも亀頭に触れそうになっている。その状態で上目遣いに見つめられると、欲望がますますふくらんでしまう。尿道口からカウパー汁が溢れ出し、透明なドームを作っていた。

（ま、まさか、口で……）

この状況で期待するなというほうが無理な話だ。彼女が言葉を放つたび、熱い吐息が亀頭に吹きかかった。

「ねえ、浩介さん、本当は気持ちよくなりたいでしょう？」

麻美は囁きながら舌を伸ばすと、亀頭の裏側にそっと触れさせる。そして、目を見つめたまま、張りつめた肉の表面に舌を這わせてきた。

「ううッ……」

ゾクゾクするような快感がひろがり、たまらず腰をよじらせる。まるで唾液を亀頭全体に塗りつけるような動きだ。ねちっこく舐めまわされて、瞬く間に亀頭が唾液で包まれていった。

「ふふっ、先っぽがテカテカになりましたよ」

楽しげにつぶやくと、麻美は濡れた亀頭にフーッと息を吹きかけてくる。過敏になっているので、それだけでも刺激になってしまう。またしても我慢汁が溢れて、尿道口にできた透明な盛りあがりが大きくなった。

「こ、こんなこと……ダ、ダメです」

「まだそんなこと言えるんですか。こんなにお汁が出てるのに」

麻美は火照った顔で囁き、浩介の目を見つめたまま亀頭の先端に唇を押しあててくる。そして、鈴口《すずぐち》から溢れている先走り液をチュッと吸いあげると、躊躇《ちゅうちょ》することなく喉を鳴らして嚥下《えんげ》した。

「くううッ、そ、そんな……」

さらに舌先を尿道口に這わせてくる。チロチロと小刻みに動かされると、くすぐったさをともなう快感が駆け抜けた。

「うッ、ううッ……ま、待って……」

「これ、いやですか？」

細い指を太幹の根元に巻きつけて、亀頭についばむようなキスをしながら尋ねてくる。常に上目遣いで、決して視線をそらそうとしなかった。

「そ、そういう問題じゃ……」

浩介が震える声で答えると、彼女は再び亀頭の表面を舐めまわしてくる。さらには張り出したカリの裏側にも舌先を潜りこませてきた。

「それなら、どういう問題なんですか？」

「ちょ、ちょっと……ううぅッ」

敏感な場所をやさしく舐められて、腰を悶えさせずにはいられない。畳の上で身をよじり、ペニスを舐める妖艶な美女を見おろしていた。

「もう一度聞きますよ。こういうの、いやですか？」

柔らかい舌が亀頭をぐるりと一周して、唾液を全体に塗りつける。そして、再び先端に近づき、鈴口からとめどなく溢れるカウパー汁を舐め取った。

「くうッ……」

「こうしてオチ×チンの先っぽ舐められるの、いやなんですか？」

濡れた瞳で見あげながら、尖らせた舌先で尿道口をくすぐってくる。先走り液が溢れてくると、先端に唇を密着させてチュルッと吸いあげた。

「ううッ、い、いや、じゃないです」

頭の芯まで痺れて、つい本音を口走ってしまう。快感がどこまでもふくらみ、いよいよ抗えなくなってきた。

「素直になってきましたね」

麻美は目を細めて囁き、太幹の根元を指で軽くしごきながら、亀頭だけを舐めつづける。もっと深く咥《くわ》えてほしいのに、それ以上の刺激を与えてくれない。焦れるような快感がふくらみ、我慢汁ばかりが溢れてしまう。

「も、もう……うむッ」

呻き声がとまらず、股間を情けなく突きあげる。ところが、麻美は顔をすっとあげて、決してペニスを咥えてくれなかった。

「ふふっ、気持ちいいんですね」

「き……気持ちいいです」

もうまともに考えることができない。鸚鵡《おうむ》返しに答えると、麻美は鈴口を舐めながら口もとに笑みを浮かべた。

「それなら、もっと気持ちいいことしてあげます」

そう言うなり亀頭を口に含み、柔らかい唇をカリ首に密着させる。そして浩介の目を見つめて、キュウッとやさしく締めつけてきた。

「ぬおおおッ！」

雷に打たれたような快感が突き抜ける。反射的に股間を突きあげて、両手の爪を畳に立てていた。

焦らされつづけたことで、ペニスは極度に敏感な状態になっている。ぱっくり咥えこまれた途端、大量のカウパー汁が溢れ出した。それを麻美はいやがる素振りもなく飲みくだし、唇をゆっくり滑らせて肉棒を口内に収めていく。

「ンっ……ンっ……」

微かな声を漏らしながら、ついにはペニスを根元まで呑みこんだ。

陰毛が麻美の鼻に触れている。長大な肉柱がすべて彼女の口内に収まり、太幹に柔らかい唇が密着していた。

(お、俺のチ×ポが、沢井さんの口に……)

信じられない光景だった。

あのいかにもプライドが高そうなキャリアウーマンが、野太く成長した男根を口に含んでいる。顔面を股間に押しつけて、根元までずっぽり咥えこんでいた。しかも麻美は反応を確かめるように、浩介の顔を見つめているのだ。

「ううッ、ぬううッ」

たまらなくなって呻き声を漏らした。

熱い口腔粘膜が砲身全体を包みこんでいる。唾液がしっとり染み渡っていくのがわかり、背筋がゾクゾクするような快感がひろがっていた。

「ンンっ……」

麻美はペニスを頬張ったまま満足げにうなずくと、口のなかで舌を絡みつかせてくる。まるで唾液を塗りこむように硬い肉竿をねっとり舐めまわしてきた。

「そ、それ……くううッ」

またしても呻き声が溢れ出す。舌が絶えず蠢《うごめ》き、ペニス全体が唾液でコーティングされていく。トロトロになったところを、今度は柔らかい唇でしごかれる。彼女が首を振ることで、根元から亀頭にかけてが擦りあげられた。

「あふっ……はむンっ」

微かな声を漏らしながら、麻美が顔をゆったり上下させる。唇をぴったり肉竿に密着させて、甘くやさしくねぶられた。

「そ、そんなにしたら……」

もう腰の震えがとまらない。我慢汁がとめどなく溢れるが、麻美は注がれるそばから飲みくだした。

「そんなにしたら、どうなっちゃうんですか？」

いったん唇を離して、からかうように囁きかけてくる。そして、再び亀頭をぱっくり咥えこんだ。

「ううッ、も、もう……」

「あうンっ……はむンンっ」

鉄棒のように硬直した竿の表面を、蕩《とろ》けそうなほど柔らかい唇が滑っていく。舌も休むことなく動いており、亀頭や太幹を這いまわっていた。

昼の陽光が差しこむ旅館の一室で、美熟女にペニスをしゃぶられている。しかも彼女の両手は浩介の腰に添えられており、男根にはいっさい触れていない。唇と舌だけで、あくまでもやさしくねぶられていた。

「こ、これ以上は……」

射精欲がこみあげて、頭のなかがまっ赤に燃えあがった。

麻美にペニスをしゃぶられる快感は格別だ。女壺の猛烈な締めつけとは異なり、とにかく柔らかい刺激が延々とつづいている。男根をねぶられる快楽に溺れて、もうなにも考えられなかった。

「くううッ、さ、沢井さんっ」

たまらなくなって名前を呼ぶと、麻美の首を振るスピードがアップする。浩介が追いつめられているとわかったらしい。同時に強く吸茎されて、いよいよ射精欲がふくれあがった。

「ぬおおおッ、き、気持ちいいっ、もう出ちゃいますっ」

「あンっ……はむっ……むふンっ」

麻美がリズミカルに首を振り、股間からニチュッ、クチュッという湿った音が響き渡る。快感の大波が轟音を立てながら押し寄せて、浩介は無意識のうちに股間を迫りあげた。

「も、もう、おおおッ、もうっ」

尻が畳から浮きあがり、全身の筋肉が硬直する。鋼鉄のように勃起したペニスを舐めしゃぶられて、睾丸のなかのザーメンが沸騰した。出口を求めて暴れまわり、いよいよ最後の瞬間が迫ってきた。

「あむッ……はふッ……あむうッ」

麻美も全力で首を振り立てて、猛烈に男根を吸いあげてくる。愉悦はどんどん大きくなり、理性は完全に吹き飛んだ。

「くおおおッ、で、出るっ、ぬおおおおおおおッ！」

ついに欲望が爆発する。たまらず雄叫びをあげた直後、大量の精液が尿道を駆け抜けて凄まじい快感がひろがった。頭のなかがまっ白になり、腰にブルブルと震えが走る。根元まで咥えられた状態でペニスが激しく跳ねまわった。

「おおおッ、おおおおおおおおおッ」

もう呻くことしかできない。腰を何度も突きあげて、彼女の口内に思いきりザーメンを注ぎこんだ。

「あむうううッ」

麻美は濃厚な精液をすべて受けとめると、迷うことなく飲みこんでいく。ペニスをしっかり咥えたまま、うっとりした表情で喉を鳴らしていた。

射精の発作は延々とつづくが、麻美はペニスを離そうとしなかった。

浩介は股間を突きあげた状態で固まり、睾丸が空になるまで放出した。射精の快楽で脳髄《のうずい》が灼《や》きつくされて、もうなにも考えられなかった。麻美は唇をぴったり太幹に密着させて、一滴も残すことなく精液をすべて嚥下してくれた。

「おおっ……」

ようやく射精が収まり、全身から力が抜けて尻が落ちる。畳の上で大の字になるが、それでも麻美はペニスを根元まで咥えていた。

「あふンっ……はむンンっ」

「ううっ、も、もう……」

浩介はくすぐったさを覚えて身をよじった。

たっぷり射精したのに男根は萎える様子がない。硬度を保ったままの太幹に舌が這いまわり、ねちっこく吸いあげられた。

執拗なフェラチオを施されて、またしても欲望が湧きあがる。

露天風呂でセックスしたときの記憶がよみがえり、今度は女壺を味わいたくてたまらなくなった。

「さ、沢井さん……」

震える声で呼びかける。異様なほど興奮していた。欲望で頭が埋めつくされて、冷静な判断ができない状態だった。

「つ、次は沢井さんと……」

麻美の口唇によって、ペニスはガチガチに反り返っている。彼女のなかに入りたくて呼びかけたとき、唇がすっと離れてしまった。

4

「あ……」

思わず小さな声を漏らしてしまう。

その直後、はっと我に返った。落胆が顔に出ていることに気づいて、羞恥と後悔の念がこみあげた。

(俺は、なにをしてるんだ)

またしても過《あやま》ちを重ねてしまった。

勃起したままのペニスには絶頂の余韻がしっかり残っていた。麻美の誘惑を拒みきれず、口内に大量の精を放ってしまったのだ。

「まだ足りないみたいですね」

麻美が口もとを指先で拭いながらつぶやいた。

どこか勝ち誇ったような瞳で見つめてくる。これでまたひとつ、彼女が優位になってしまった。

「くっ……」

歯噛みしたところで後の祭りだ。またしても麻美の誘惑に流されて、術中にはまってしまった。

「わたしのこと、抱きたかったですか?」

横座りした麻美が、薄い笑みを浮かべて語りかけてきた。

タイトスカートの裾から覗いている太腿が気になってしまう。思わず凝視して生唾を飲みこんだ。

「ふふっ……正直ですね」

麻美の視線は剝き出しのペニスに向いていた。

雄々しく屹立した肉柱は、唾液をたっぷり浴びてヌラヌラと光っている。先端からは新たな我慢汁が滲んでいた。

「ち、違います、これは……」

ボクサーブリーフとチノパンを掻き集めて身に着ける。しかし、ペニスは勃起したままで、股間が痛いくらい突っ張っていた。

「ずいぶん苦しそうですけど、大丈夫ですか？」

「べ、別に……」

本当は欲望が収まらず悶々としている。フェラチオで射精したにもかかわらず、まだ興奮状態が継続していた。

「セックスは契約が成立したときにしましょう」

そうつぶやく麻美の顔も火照っている。だが、中途半端なところでやめるのも作戦のうちなのだろう。これ以上は期待できそうになかった。

「あの粉末の効果、よくわかっていただけましたか？」

「えっ、……これって……」

異常なほど興奮したのは、温泉から抽出した成分で作った粉末の効果らしい。どうやら、ただの健康食品ではないようだ。

「どういうことですか？」

「じつは、あの温泉には媚薬《びやく》成分が含まれているんです」

麻美の唇から語られたのは、驚くべき言葉だった。

「媚薬？」

ふと思い出す。はじめて麻美と露天風呂で関係を持ったとき、かつてないほどの昂《たかぶ》りを覚えた。由紀が露天風呂でオナニーをしたのも、そのあとで浩介に迫ってきたのも、温泉に入ったからだと考えれば説明がつく。

「あの温泉に、そんな効果が……」

実際に自分が経験していなければ、あり得ない話だと笑い飛ばしていただろう。でも、その絶大な効果は身をもって確認していた。

「いつからこのことを……まさか？」

尋ねようとして、もしやと思った。

もしかしたら、麻美は最初から知っていて裏山を買い取ろうとしていたのではないか。

「ええ、はじめから知っていました」

麻美に悪びれた様子はなかった。

ただの温泉街を作るのが目的ではない。新しいタイプの温泉レジャー施設を作るつもりだという。媚薬効果を利用すれば、爆発的な集客も可能になると踏んでいるらしい。あの粉末も話題になれば飛ぶように売れるだろう。

「でも、どうしてそれを知っていたんですか？」

浩介でさえ、裏山から温泉が出ることを知らなかった。ましてや、その温泉に媚薬効果があるとは驚きだった。

「遠縁にこの村の出身の人がいたの。その人から媚薬効果のある温泉があるっていう話を聞いたのよ」

とはいえ、麻美が聞いたのは現実味のない昔話で、最初はただの伝承だと思ったらしい。それでも、仕事で成功することに貪欲な麻美は、少しでも気になったことは独自に調べるのだという。

「以前、温泉の成分を調査したんです」

じつは勝手に洞窟に入り、温泉を東京に持ち帰って成分分析をしたという。そして媚薬効果があることを確認したのち、村長に裏山を買い取って温泉街を作る計画を持ちかけたのだ。

「悪くない話だと思いますが。わたしは会社で評価されて、浩介さんも使い道のない裏山を高額で売ることができる。そして村おこしにもなるのですから、ウインウインの関係です」

確かにぱっと聞いたところ、温泉計画は誰にとってもよいものに思える。

「大丈夫なんですか、あの粉末」

「違法な成分は含まれていないので、販売することに問題はありません」

麻美は胸を張って答えた。

温泉から抽出した成分に特殊な成分を配合して粉末にすることで、強力な媚薬効果が得られるという。その配合方法を麻美のプロジェクトチームが発見して、量産化の目処《めど》も立ったらしい。

「源泉のままだと効果が出るまでに時間がかかりますが、粉末にすることで即効性を持たせることに成功しました」

確かに飲んですぐに発情した。これほど強い効果があるのに、合法的な製品だというから驚きだった。

「まずは回春効果のある媚薬ということで発売する予定です。今のままだと先ほどのように効きすぎるので、濃度は薄めますが」

なるほど、精力の弱まった年配の男性には夢のような商品だろう。

その劇的な効果は浩介も体験した。売り出せばヒットするのは間違いない。温泉も話題になり、莫大な利益が生まれることだろう。でも、もしあの媚薬を悪用されたら大変なことになる。

（もしかして、あのとき……）

ふと昨夜のことが脳裏に浮かんだ。

「寄合所でお茶を淹れてくれましたよね。媚薬をまぜたんですか？」

思いきって尋ねてみる。

寄合所で穂花とふたりきりになったとき、なぜか急激に高揚した。穂花も興奮していたのは明らかだった。ふたりは麻美が淹れてくれたお茶を飲んでいた。あのお茶に媚薬が入っていたとしたら……。

「そうですよ」

麻美はあっさり認めた。

自分のことを慕っている部下の穂花を、媚薬まで使って浩介に差し出したのだ。ビジネスを成功させるためなら手段を選ばない。状況を冷静に判断して、どこまでも非情になれる女性だった。

「どうして、そこまでして……」

浩介は彼女の考えが理解できずにつぶやいた。すると、麻美はふいに視線をさげて淋しげに笑った。

「普通の人にはわからないと思います」

そう前置きしたうえで語りはじめた。

麻美の実家は決して裕福ではなかったという。両親は病気がちで食うのにも困る生活だった。

麻美は貧困を抜け出すために猛勉強して、大学は奨学金を使って卒業した。成りあがるためには形振《なりふ》り構っていられない。己《おのれ》の肉体も使うし、部下も差し出すのが麻美のやり方だった。

「とにかく結果を出すこと。どんな手を使ったとしても、ビジネスは結果がすべてですから」

そう言いきる麻美を見て、浩介もいよいよ決心がついた。

「じつは、沢井さんにお伝えしなければならないことがあるんです。父は裏山を売る気がありません」

緊張しながらも、きっぱりと言いきった。

「頑として譲らないんです。理由は教えてくれませんでしたが、もしかしたら媚薬のことを知っていたのでは……とも思います」

浩介が話す間、麻美は目を閉じて黙りこんでいた。

どれくらいの時間、そうしていただろう。なにかを考えている様子だったが、しばらくして目を開くとまっすぐ見つめてきた。

「わかりました。では、裏山の買い取り金額を上乗せさせていただきます。さらに媚薬の売りあげの何パーセントかもお渡しする契約に変更いたします。媚薬が売れれば売れるほど、お支払い金額がアップすることになります」

これ以上ない最高の条件だった。

何年も放置していた裏山を高額で買い取ってもらえるうえ、媚薬が売れたぶんだけ、継続的に金が入ってくるのだ。父が許すのなら、今すぐにでも契約したい。さらに村も潤うのなら悪い話ではなかった。

「でも、父は頑固だから……俺の代になってからなら売れますけど……」

「浩介さん、いずれはあなたが引き継ぐのですよね。それなら今、売ってしまっても同じではないですか？」

「ううん、そう言われても……」

「不動産の売買にはタイミングというものが大切になってきます。数年後、同じ条件が提示されるとは限りませんよ」

麻美の言うことにも一理ある。確かに、売るなら今しかないと思った。

「今度、裏山の登記簿を見せていただけませんか」

いよいよ具体的な話になってきた。

登記簿なら金庫に入っているはずだ。父に相談すれば間違いなく反対される。しかし、勝手に持ち出すのはさすがにまずかった。

「俺の判断では、ちょっと……」

「浩介さん、それでいいのですか？」

麻美がまっすぐ見つめてくる。目を覗きこまれて心が揺れた。

「村の経済状況はかなり悪いですね。このままでは存続すら危ぶまれる状況です。でも、温泉街ができれば、みなさんが救われるのです」

それを言われるとつらかった。できることなら、この村で暮らしていきたい。しかし、村がなくなってしまったら出ていくしかなかった。

「真崎家の暮らしも楽ではないでしょう。妹さんが大学進学を希望されているとうかがっています」

「どうして、それを？」

「少し調べさせていただきました。お父さまの入院費の工面も大変でしょう。ご高齢ですから、これから先も大病しないとは限りません」

さすがはやり手のキャリアウーマンだ。こちらのことを徹底的に調べつくしているようだった。

「数年後には浩介さんが真崎家を継ぐのです。裏山もあなたのものになります。それなら、今どうしようと同じではないですか？」

少々強引な気もするが、浩介はなにも言い返せなかった。

5

民宿をあとにすると、なんとか軽トラを運転して自宅に戻った。

時刻は午後二時をまわったところだ。媚薬の効果が残っているらしく、頭の芯がまだボーッとしていた。

麻美の言うことはもっともだった。

裏山を売却できれば、誰もが幸せになれる気がした。ただ、同じ話をしたところで、父が了承するとも思えなかった。

（どうしたらいいんだ……）

浩介は深いため息を漏らすと軽トラから降りた。倉庫に入り、トラクターに歩み寄った。

昨日の段階でトラクターの整備は終わっているが、田んぼを耕すには中途半端な時間になってしまった。大切な作業なので慎重に行いたい。取りかかるのは明日にしたほうがいいだろう。

「コウちゃん……ちょっといいかな」

ふいに背後から声をかけられた。

振り返ると倉庫の入口に藤代由紀の姿があった。

仕事中だと思って気を使っているのか、それとも先日のことがあるので照れているのだろうか。うつむき加減でチラチラ見あげてくる。これまでの由紀とは様子が違っていた。

「由紀姉《ね》ぇ、どうしたの？」

平静を装って応えるが、胸の鼓動は一気に速くなった。

由紀に会うのはセックスして以来だ。なんとなく気まずくて、彼女の家の前を通らないようにしていた。ばったり会ったりしたら、どんな顔をすればいいのかわからなかった。

きっと由紀も同じ心境だったのだろう。避けられていると感じていたので、こうして訪ねてきてくれたのがうれしかった。

「お願いがあるんだけど……」

由紀は伏し目がちにつぶやくと、長い黒髪をそっと掻きあげた。

あの日のことを意識していたから避けていたに違いない。真面目な彼女のことだから、夫を裏切った罪悪感で苦しんでいたのではないか。それなのに、どういう心境の変化があったのだろうか。

「あらたまってどうしたの？」

トラクターに背を向けて由紀に歩み寄っていく。

ついセーターの胸のふくらみに視線が吸い寄せられて、たっぷりした乳房を思い出してしまう。慌てて気持ちを視線をさげると、今度はフレアスカートの裾から覗いているスラリとした臑《すね》が目に入った。

（くっ……今はダメだ）

必死に卑猥な妄想を頭から追い出した。

あの日のことは、なかったことにするべきだ。温泉の媚薬成分のせいで、ふたりとも異常に興奮してしまった。温泉に浸かっていなくても、匂いを嗅いだだけで発情すると麻美が言っていた。

（だから、仕方なかったんだ）

媚薬の効果なら抑えが利かないのは当然のことだった。

懸命に自分の行為を正当化する。しかし、人妻となった由紀と関係を持った事実は消すことができない。背徳感をともなう強烈な快楽は、体にしっかり刻みこまれていた。

「また温泉に入りたいんだけど……ダメかな？」

由紀の言葉を耳にした瞬間、軽い目眩を覚えて両足をとっさに踏ん張った。

あの温泉に媚薬成分が含まれていることなど、彼女が知るよしもない。ただの温泉だと思っているからこそ、こうして入りたいと言ってきたのだろう。

（温泉に入ったら、また……）

間違いなく発情する。そして、また岩風呂でオナニーをして、物足りなければ浩介に迫ってくるかもしれない。

（い、いや、ダメだ。由紀姉ぇは結婚してるんだぞ）

心のなかで自分に言い聞かせた。

これ以上、過ちを重ねるべきではない。由紀とセックスしたい気持ちはあるが、彼女の心まで手に入るわけではなかった。一時の快楽を求めることで、またしても重い秘密を抱えることになるのだ。

「い、今、契約の話をしているところだから……」

なんとか欲望を抑えこみ、遠まわしに断ろうとする。ところが、由紀はまったく引こうとしなかった。

「それなら、まだコウちゃんの家の温泉なんだね」

「まあ、そういうことになるけど……」

「うちの人、来週帰ってくるの。自由な時間があるのは今だけなのよね」

夫が出稼ぎから戻れば、由紀も稲作の手伝いをしなければならない。温泉に入る時間はなくなってしまうという。

「ね、ちょっとだけならいいでしょ？　お願い」

由紀に頼まれると強く拒絶できない。しかも、一度は許可しているのでなおさらだった。

「ううん……由紀姉ぇだから特別だよ」

根負けしてつぶやき、ポケットから鍵の束を取り出した。

家と軽トラ、それに温泉の小屋の鍵がいっしょにしてある。そこから温泉の鍵をはずして由紀に手渡した。

「ありがとう。コウちゃんならいいって言ってくれると思った」

満面に笑みを浮かべて礼を言ってくれる。その顔を見られただけでも、許可をした甲斐があると思った。

「でも、誰にも言わないでよ。大勢来たら困るから」

「うん……わかってる」

念を押すと、由紀はなぜか頬を染めてうなずいた。

もしかしたら、あの日のことを思い出したのかもしれない。なにしろ、幼いころから遊んでいた浩介に抱かれたのだ。彼女にとっても衝撃的な体験だったのは間違いなかった。

「じゃあ、行ってくるね」

由紀はそう言い残すと、倉庫の脇から裏山に入っていく。スカートに包まれた豊かな尻が、左右にプリプリと揺れていた。

浩介は彼女のヒップから視線を引き剥がすと、トラクターの元に戻った。

全身の血流が速くなっており、ペニスがむずむずしている。ともすると勃起しそうで、浩介は懸命に気持ちを抑えこんでいた。

（今日は絶対にダメだ）

せっかくのチャンスだが、もう覗く気はなかった。

温泉の媚薬効果を知っているので、近づくことはできない。由紀は間違いなく発情するはずだし、湯煙を吸えば浩介も高揚してしまう。また前回と同じことになるのは目に見えていた。

（仕事をして忘れよう。とにかく働こう……）

浩介は気を取り直して、倉庫のなかに戻った。

田んぼでの作業は明日に延期したが、田植えシーズンに備えてやるべきことはたくさんある。農機具の整備をして、埃がたまっていた倉庫内の清掃をした。

頭の片隅には常に由紀のことがあったが、仕事をすることでなんとか気持ちを紛らわした。

（遅いな……）

由紀が温泉に向かってから、すでに一時間半がすぎていた。

ゆっくり浸かっているだけかもしれない。だが、もしのぼせていたらと考えると心配になる。あの温泉には関係者しか入れない。つまり万が一のことがあった場合、発見が遅れることを意味していた。

(念のため……念のためだぞ)

浩介は自分に言い聞かせると裏山に向かった。

倉庫の脇を抜けて斜面を登っていく。気持ちがはやり、自然と歩調が速くなる。小屋が見えたときは、すでに全身汗だくになっていた。

一服する間もなく、鍵を開けて小屋に足を踏み入れる。すぐに脱衣所のドアをノックするが返答はなかった。まだ露天風呂に入っているのか、それとも具合が悪くて返事ができないのか。

「由紀姉ぇ、大丈夫?」

ドア越しに声をかけてみる。だが、やはり反応はなかった。

静寂が不安を掻きたてる。ためらったのは一瞬だけだ。浩介はレバーをつかむとドアを開け放った。

脱衣所に由紀の姿はない。そのまま奥に向かうと、ガラス戸越しに露天風呂を見まわした。

「あっ……」

洗い場に裸の女性が倒れている。うつ伏せなので顔は見えないが、状況からして由紀に間違いない。すぐさまガラス戸を開けて駆け寄った。

「由紀姉ぇっ」

かたわらにひざまずき、抱き起こしながら声をかける。由紀は黒髪をアップにまとめており、顔が赤く火照っていた。

女体にはまったく力が入っていない。ぐったりしており、苦しげな表情で目を閉じている。息はしているが、意識が朦朧《もうろう》としているようだ。浩介が繰り返し呼びかけると、睫毛が微かにピクッと動いた。

「由紀姉ぇ、俺だよ、わかる？」

「ん……コ、コウちゃん」

由紀は薄目を開けて、か細い声で名前を呼んだ。

とりあえず意識はあるが、どこかで休ませなければならない。ひとりで歩ける状態ではないので、肩を貸して立ちあがらせる。腰をしっかり支えて、慎重に脱衣所へと戻った。

「もう少しだから」

彼女の身体は熱く火照っている。なんとかしなければと必死だった。

隣の休憩室のドアを開けて、黒革製のどっしりしたリクライニングチェアに由紀を座らせる。横についているレバーを引いて背もたれを限界まで倒すと、ほぼフラットの状態になった。

「んん……」

仰向けになった由紀が小さく呻いた。

裸体がぐっしょり濡れている。浩介はバスタオルを持ってくると、リクライニングチェアの隣でしゃがみ、できるだけやさしく全身を拭った。

「あ、ありがとう……」

由紀がうっすらと目を開いた。

まだ顔は火照っているが、先ほどよりも意識はしっかりしている。涼しい休憩室に来たことで、だいぶ回復しているようだった。

「のぼせたんだね。倒れたとき、頭とか打ってないかな？」

「大丈夫……急に倒れたわけじゃないから」

目眩がしたので、自分でしゃがんで横たわったという。そこに浩介が駆けつけたらしかった。

「無理しちゃダメだよ。しばらく休んでて」

「うん……心配かけてごめんね」

見あげてくる瞳が潤んでいる。なんだか落ち着かなくて視線をそらすと、彼女の熟れた裸体が目に入った。

たっぷりした乳房はもちろん、くびれた腰から濡れた陰毛、脂の乗った太腿まですべてが剝き出しだ。頭ではいけないと思うが、どうしても舐めるように全身を見まわしてしまう。

「お、俺、あっちに行ってるよ」

このままではまずいと思い、立ちあがろうとする。すると、由紀がすっと手首をつかんできた。

「ひとりにしないで……」

縋《すが》るように言われると残るしかなかった。

目の前に由紀の裸体が横たわっていると、どうしても視線が向いてしまう。なんとか顔をうつむかせて視界からはずすが、ずっと股間がむずむずしていた。

「お水……もらえるかな」

由紀が弱々しい声で懇願する。瞳はとろんとしているが、少しずつ回復しているようだった。

「ちょっと待ってて」

休憩室の机にミネラルウォーターのペットボトルが用意されていた。二リットル入りの大きなサイズだ。

（あれ、コップがないな……）

代わりになる容器でも構わないが、なにも見当たらなかった。

一度起きあがってもらって、ペットボトルから直接飲むしかない。そんなことを考えて由紀のもとに戻った。

「コップがないんだ。俺がペットボトルを持ってるから、ちょっとだけ起きあがれるかな」

「口移しで……」

冗談を言っている口調ではなかった。

水は飲みたくても、まだ起きあがる気力がないのかもしれない。無理をさせて具合が悪くなったら大変だ。

（でも……）

口移しという言葉が、頭のなかで反響している。本当にそんなことをしていいのだろうか。

「お願い、喉がカラカラなの」

まるで浩介の葛藤を見抜いたように、由紀が横たわったまままつぶやいた。

「お水を口移しで飲ませて」

「わかったよ、由紀姉ぇがそう言うなら」

浩介はペットボトルを手にして戻ると、リクライニングチェアの横にしゃがみこんだ。由紀は虚《うつ》ろな瞳で見あげてくる。浩介はペットボトルの蓋を開けると、ミネラルウォーターを口に含んだ。

(これは由紀姉ぇが望んだことなんだ)

言いわけのように胸のうちで繰り返し、由紀に覆いかぶさっていく。唇をそっと押し当てると、慎重にミネラルウォーターを流しこんだ。

「ン……」

由紀は唇を半開きにして、喉をコクコク鳴らしていた。

いつしか彼女の両腕が、浩介の首の後ろにまわりこんでいる。抱き寄せるようにして、口移しされるミネラルウォーターを飲んでいた。

「ンンっ」

ふいに由紀の舌が伸びてくる。ミネラルウォーターがなくなると浩介の唇を舐めまわし、やがて口内に差し入れてきた。

(ゆ……由紀姉ぇ)

甘い吐息とともに、彼女の舌が口のなかを這いまわる。歯茎や頬の裏側、さらには歯の裏側までねちっこくしゃぶられた。

(ああ、もう……)

ここまでされたら浩介も我慢できない。思いきって舌を伸ばし、彼女の口内に侵入させた。

「はンンっ」

由紀は微かに鼻を鳴らしただけで舌を受け入れてくれる。自らも積極的に舌を絡めて粘膜同士を擦り合わせると、浩介の唾液を吸りあげた。

(俺、由紀姉ぇと……)

舌を強烈に吸引されて頭の芯まで痺れてくる。浩介もお返しとばかりに彼女の甘い唾液を吸いあげては嚥下した。

濃厚なディープキスが刺激となり、欲望が一気にふくれあがった。

先ほど露天風呂で湯煙を吸いこんだことも影響しているに違いない。短時間ではあったが、媚薬成分を体に取りこんでしまった。

「あふンっ、コウちゃん」

由紀も確実に欲情している。あれほど具合が悪そうだったのに、今は夢中になって浩介の舌を吸っていた。

「ゆ、由紀姉ぇ……うむむっ」

こうして口づけを交わすことで、なおさら高揚してしまう。ふたりとも温泉の媚薬成分で発情しているため、もはや理性が利かない状態になっていた。

「ぬううッ」

浩介はキスをしながら、くぐもった呻き声を漏らして腰をよじった。

由紀がチノパンの上からペニスを握ってきたのだ。すでに屹立していた男根をつかまれて、途端に甘い快感がひろがった。

「ああンっ、コウちゃん」

唇を離すなり、由紀がベルトを緩めてチノパンとボクサーブリーフをまとめて引きおろした。反り返った肉柱が露わになると、すぐに細い指を巻きつける。そして、躊躇することなくしごきはじめた。

「こんなに硬くしてくれたのね。もっと近くで見せて」

由紀は指をスライドさせながら、ペニスを自分の顔のほうへと誘導する。浩介はリクライニングチェアの横に立ち、中腰の姿勢になっていた。

「ううッ、な、なにを……」

股間を突き出す格好になり、屹立した男根に熱い吐息が吹きかかった。

「すごく大きい、コウちゃんのこれ……」

長大なペニスの下に、仰向けになった由紀の顔が見えていた。

あの清楚でやさしかった近所のお姉さんが、瞳をねっとり潤ませている。そして息を荒らげながら、ピンクの舌を伸ばして肉竿の裏側に這わせてきた。

「くうッ！」

縫い目の敏感な部分を舌先でツツーッとなぞられる。こらえきれない呻き声が溢れ出すと、由紀がうれしそうに目を細めた。

「ここが気持ちいいのね」

舌先が触れるか触れないかの微妙なタッチで裏筋を舐められる。根元のほうから亀頭に向かったかと思えば、再び根元に向かってくすぐられた。

「ど、どうして……」

一度セックスしているとはいえ、由紀は人妻だ。二度目を期待してはいけないし、絶対にないと思っていた。

「ゆ、由紀姉ぇが、こんなこと……」

チラリと見やれば、由紀の乳首はぷっくりふくらんでいた。触れてもいないのに、興奮しているのは明らかだった。

「露天風呂に浸かっていたら、なんだか悶々として……うちの人、出稼ぎに行ってるでしょう。そのせいだと思うんだけど……」

温泉に含まれている媚薬成分の効果で間違いない。だが、由紀はそのことを知らないので、欲求不満で発情しているものと思いこんでいた。

「そうしたら、コウちゃんのことを思い出しちゃったの」

「俺の……こと？」

もしかしたら、先日のセックスしたことを言っているのだろうか。

こうしている間も、由紀の舌は男根の裏側を這いまわっている。根元のほうに移動したと思ったら、陰嚢《いんのう》にまで舐めまわしてきた。

「だって、この間のすごかったから……」

「そ、そんなところまで……ううぅッ」

浩介が呻いても、由紀はお構いなしに愛撫してくる。皺袋《しわ》を口に含み、唾液まみにれにしならが睾丸を転がしてきた。

「くうッ……くおおッ」

「こういうことするのを考えながら、自分でしちゃったの。そうしたら、のぼせちゃって……ふふっ」

衝撃の告白だった。あの由紀がのぼせるまでオナニーしていたという。普段の淑やかな姿からは想像がつかない淫蕩《いんとう》な一面だった。

のぼせるまでオナニーしていたのだから、よほど没頭していたのだろう。先日、浩介が覗いたときより、淫らになっているのではないか。今も夢中になってペニスをしゃぶっていた。

「ああンっ、硬い……ねえ、コウちゃん」

由紀が陰嚢をしゃぶりながら、浩介の手をつかんでくる。そして、自分の股間へと誘導した。

「触ってほしいの」

あの由紀が全裸でペニスを舐めつつ、愛撫を欲している。自分も気持ちよくしてほしいと蕩けた表情で訴えていた。

ペニス越しに濡れた瞳で見あげてくる。手のひらに彼女の陰毛が触れて、しどけなく開かれた脚の間に指が入りこんだ。

(由紀姉ぇのアソコが……)

自然と指先が陰唇に密着する。柔らかい襞の感触と、華蜜のヌメリがしっかり伝わってきた。

「ぬ、濡れてる」

「うん……コウちゃんも濡れてるよ」

由紀はそう囁き、ついに亀頭を咥えこんでくる。リクライニングチェアに横たわったまま、ペニスの先端を口に含んで舐めまわしてきた。

「ううウッ、ゆ、由紀姉ぇっ」

浩介も指先を曲げて、恥裂の狭間に埋めこんだ。濡れそぼった膣口は、いとも簡単に指を受け入れる。蕩けた女穴にヌプッと埋まり、そのままの勢いで第二関節まで挿入した。

「あふンンっ」

亀頭を頬張った由紀が小さく喘ぐ。大きな乳房をタプンッと揺らして快楽に目を細めながら、口に含んだ亀頭に舌を這わせてくる。まるで飴玉《あめだま》をしゃぶるように口内で転がされて、瞬く間に唾液で全体が包まれた。

「す、すごい……すごいよ」

浩介はかすれた声でつぶやき、女壺を指先で掻きまわしにかかった。

最初はゆっくり出し入れすることで膣壁を擦りあげる。女体が小刻みに震えて、由紀がペニスを咥えたまま甘い声で喘ぎ出す。トロトロになった媚肉の感触がさらなる興奮を誘い、我慢汁の量がどっと増えた。

「あンっ……あふンンっ」

由紀が肉柱を根元まで呑みこみ、ジュブブッと猛烈に吸引してくる。膝が崩れそうなほどの快感が湧きあがり、浩介は思わず女壺の奥まで指を埋めこんだ。

「あンンンッ！」

「ううッ、き、気持ちいいっ」

さらに由紀がゆったり首を振りはじめたことで、カウパー汁がとまらなくなってしまう。腰が絶えず震えており、急速に理性が麻痺してくる。ペニスを舐められる快感が大きければ大きいほど、女穴を掻きまわす指の動きが激しくなった。

「コ、コウちゃん……あむううッ」

由紀がペニスを口に含んだ状態で、くぐもった喘ぎ声をあげる。舌の動きが忙しなくなり、亀頭や肉胴を猛烈にねぶりまわしてきた。

「も、もう……うぐぐッ」

急激に射精欲がふくれあがる。腰に震えが走り、女壺に挿入した指を鉤《かぎ》状に曲げて膣壁を抉《えぐ》った。

「あああッ、い、いいっ」

男根を咥えた由紀の喘ぎ声が大きくなる。膣で指を締めつけられて、同時にペニスを思いきり吸引された。

「おおおッ、も、もう出るっ、出る出るっ、くおおおおおおッ！」

たまらず雄叫びをあげながら、口のなかに欲望をぶちまける。凄まじい快楽が全身に蔓延して、耐えきれずに大量の精液を放出した。

「わ、わたしも、もうっ、あああッ、あぁあああああああッ！」

ザーメンを飲みくだすと、由紀も女体を激しくよじらせる。リクライニングチェアの上で仰け反り、乳房を揺らしながらよがり声を迸《ほとばし》らせた。

浩介の指で絶頂に達したのだ。

指を食いちぎる勢いで女壺を締めつけて、下腹部を艶《なま》めかしく波打たせる。脚をだらしなく開いた状態で、股間を二度三度と跳ねあげた。清楚でやさしかった由紀が、はしたなく快楽を貪る姿はあまりにも淫らだった。

## 6

「ねえ、コウちゃん……」

アクメに達した直後だというのに、由紀は再び男根をにぎってきた。

ザーメンと唾液にまみれたペニスをねちっこくしごきながら、先端を口に含んで舐めまわしてきた。尿道に残っていた精液をジュルジュルと吸い出されて、全身が震えるほどの快感がひろがった。

「くううウッ、そ、それ、すごいよ」

射精したばかりで過敏になっているペニスを吸引される。蕩けそうなほど気持ちよくて、男根は青筋を浮かべて雄々しく反り返った。

「ああンっ、素敵」

由紀がうっとりした表情で見あげてくる。唇のまわりを舌で舐めまわし、ハアハアと息を乱していた。

「今度はこっちで……お願い」

おもむろに脚を大きく開くと、リクライニングチェアの肘掛けに膝の裏を乗せていく。あの由紀が自らの意志で股間を晒したのだ。むっちりした白い太腿が露わになり、サーモンピンクの陰唇が剝き出しになった。

「なっ……」

浩介は言葉を失って立ちつくした。

あまりにも大胆な格好に圧倒されてしまう。なにしろ由紀は生まれたままの姿で脚を大きく開き、濡れそぼった恥裂を見せつけているのだ。浩介を求めて愛蜜を垂れ流し、尻の穴までグッショリ濡らしていた。

「もっと見て、コウちゃんが欲しくてこんなになってるのよ」

両手を内腿にあてがうと、指先で女陰をくつろげる。すると、なかにたまっていた透明な愛蜜がトロトロと流れ出した。

「ゆ……由紀姉ぇっ」

淫らな姿を見せつけられて理性が吹き飛んだ。

浩介は服を脱ぎ捨てて裸になると、リクライニングチェアの正面にまわりこんで女体に覆いかぶさった。

「ああっ、来て、コウちゃん来てっ」

興奮しているのは由紀も同じだ。両手をひろげて抱きとめると、いきなり唇に貪りついてくる。どちらからともなく舌を絡めて、互いの唾液を啜り合った。

「俺、また由紀姉ぇと……うむむッ」

勃起したペニスが陰唇に触れている。早くひとつになりたくてたまらない。太幹に片手を添えると、亀頭を女陰の狭間に埋めこんだ。

「はああッ、こ、これ、これが欲しかったのっ」

女体の反応は凄まじい。膣口がキュウッと収縮して、カリ首を締めつけてきた。膣襞がいっせいに蠢き、亀頭の表面を這いまわった。

「おおッ、す、すごいよ」

快感に誘われて、休むことなくペニスを押しこんでいく。亀頭で媚肉を掻きわけながら、一気にズブズブと根元まで挿入した。

長大な肉柱がすべて収まり、互いの陰毛同士が擦れ合う。股間と股間が密着することで一体感がこみあげる。浩介は昂る気持ちにまかせて、再び唇を重ねて由紀の口内をしゃぶりまわした。

「由紀姉ぇ、うむむっ、由紀姉ぇっ」

「あふっ、う、動いて、あンっ、これ動かしてぇっ」

由紀がキスの合間に訴えてくる。仰向けの状態で股間をはしたなくクイクイしゃくりあげて、肉柱によるピストンをねだってきた。

(あの由紀姉ぇが、こんなにいやらしくなるなんて……)

温泉の媚薬成分の影響だとわかっているが、由紀がこんなにも淫らに求める姿は衝撃的だ。浩介自身も湯煙を吸ったことで昂っていた。

「俺も、もう……おおおッ」

鼻息を荒らげながら腰を振りはじめる。じっくり感じさせる余裕などなく、最初から全開の抽送だ。亀頭が抜け落ちるギリギリまで後退させると、勢いをつけて根元まで穿ちこんだ。

「あああッ、は、激しいっ」

「これが欲しかったんでしょ」

「そ、そう、これが欲しかったの」

由紀が喘ぎながら両手で浩介の尻を抱えこんでくる。より深く受け入れようとするように、ペニスの挿入に合わせて両手で思いきり引き寄せた。

「あぁッ、い、いいっ」

甘い嬌声《きょうせい》をあげてくれるから、浩介の腰の動きも加速する。両手で乳房を揉みしだき、先端で揺れる乳首を摘まみあげた。

「あああッ、そ、それ、乳首もいいのっ」

由紀の反応は顕著だった。膣が思いきり収縮して、ペニスがこれでもかと絞りあげられる。腰にブルッと震えが走り、大量の我慢汁が溢れ出した。

「す、すごい、ううウッ、すごくいいよ」

快感を訴えながらピストンする。早くも快感の大波が押し寄せて、なんとかこらえようと奥歯を食い縛った。

「ああッ、いいっ、わたしもいいの」

くびれた腰が右に左にくねっている。由紀も感じているのは間違いない。絶頂が近づいているのか、切なげな瞳で見あげてきた。

「も、もっと、あああッ、もっと来てっ」

「ぬううッ、おおおおッ」

興奮にまかせて腰を振りまくる。またしても射精欲がこみあげて、さらにピストンを加速させた。

「おおおッ、おおおおおッ！」

「はあああッ、いいっ、コウちゃん、気持ちいいっ」

由紀の喘ぎ声が引き金となり、男根がググッとふくらんだ。興奮しすぎて我慢できない。勢いよくペニスを叩きこみ、最深部で欲望を解き放った。

「おおおッ、ま、また出るっ、出る出るっ、ぬおおおおおおおおッ！」

思いきり男根を脈動させて、熱いザーメンを注ぎこんでいく。全身が激しく痙攣すると同時に、頭のなかがまっ白になるほどの快感が突き抜けた。

「あああッ、いいっ、わたしも、あああッ、イクッ、イクうううッ！」

由紀も両手で浩介の尻を抱えこみ、オルガスムスのよがり泣きを響かせる。尻たぶに爪を立てて強く引き寄せると、ペニスをより深い場所まで迎え入れた。

「くううッ……」

絶頂の痙攣が収まらず、浩介は低い呻き声を放った。

女壺が収縮と弛緩を繰り返し、男根を絞りあげてくる。強制的に精液を吸いあげられて、気が遠くなるほどの愉悦が全身にひろがった。

(ああ、最高だ……)

浩介は女体に覆いかぶさった状態で脱力した。

夢のような体験だった。また由紀とセックスできたのだ。もう二度とチャンスはないと思っていたので、感激は格別なものがあった。

フェラチオとセックスで二度も射精をして、絶頂の余韻に浸っていた。

心地よい疲れが全身にひろがっている。ゆっくり体を起こして陰茎をズルリと引き抜いた。

その直後、由紀が立ちあがって抱きついてくる。そして、体を入れ替えるなり、浩介をリクライニングチェアに押し倒した。

「ちょ、ちょっと、なに？」

困惑の声を無視して、由紀は脚の間にしゃがみこみ、いきなり半萎えのペニスを口に含んだ。

「ああンっ」

甘い声を漏らしながら、すぐさま首を振りはじめる。自分の愛蜜と精液がたっぷり付着しているのに、気にする様子もなく舌を絡みつかせてきた。

「うおッ……うおおおッ」

浩介はわけがわからないまま、リクライニングチェアで仰け反った。

さすがにもう終わりだと思っていたが、由紀の欲望はまだ収まっていなかったらしい。蕩けた瞳で浩介の顔を見あげながら首を振り、萎えかけた男根にねちっこく舌を這わせてきた。

「あンっ……はあンっ」

「も、もう無理……ううゥッ」

なにを言っても聞く耳を持ってもらえない。男根をチュウチュウ吸いあげられて、浩介はたまらず腰をくねらせた。

「もっと、ああンっ、もっとぉっ」

由紀は呆けたようにつぶやきながらペニスを頬張っている。念入りに舌を這わせてねぶりまわし、頬がぼっこり窪むほど吸茎してきた。

「ぬおおおッ、む、無理だって」

腰をよじりながら懸命に訴える。ところが、執拗なフェラチオでいつしかペニスは硬さを取り戻していた。

「あはっ……また大きくなったよ、コウちゃんのオチ×チン」

由紀は口もとに妖艶な笑みを浮かべると、躊躇することなくリクライニングチェアにあがってくる。浩介の腰の両側に足を置き、和式便器で用を足すときのような格好で強引にまたがってきた。

「もっと欲しいの、いいよね？」

浩介の返事を待つことなく、太幹に片手を添えて膣口に誘導する。ゆっくり尻を落としこんで、あっという間に亀頭が女壺に吸いこまれた。

「おおおッ！」

「ああンっ、これ……これよぉっ」

由紀の喘ぎ声が響き渡る。顎を跳ねあげて、たっぷりした乳房を揺すりながら感じていた。尻を完全に落とすと、さらにグリグリと押しつけてくる。ペニスを奥の奥まで受け入れて、亀頭と子宮口を密着させてきた。

「あああッ、当たってる、奥に当たってるのっ」

よほど感じるのか、喘ぎ声がとまらなくなっている。由紀は艶めかしく腰をくねらせて、尻を大きく回転させた。

「うおッ、そ、そんなに……ううッ」

「すごいよ、コウちゃんのオチ×チン、やっぱりすごい」

由紀は両手を浩介の胸板に置くと、腰を上下に振りはじめる。亀頭が抜け落ちる寸前まで尻を持ちあげて、勢いよく叩きつけてきた。

「あッ……あッ……奥っ、奥がいいのっ」

「ま、待って……おッ、おおッ」

もう無理だと思っていたのに、いつしか浩介も快楽に流されていく。いっそう激しく蠢く膣襞が、ペニス全体を猛烈にマッサージしていた。先端が子宮口にコツコツ当たる感触もたまらなかった。

（あの由紀姉ぇが……）

凄まじい愉悦に呻きながら、浩介は言い知れない不安を感じていた。

温泉の影響だとわかっている。媚薬成分で淫らになっているのだが、淑やかだった由紀の変貌ぶりを目の当たりにして少し怖くなってきた。

「あぁッ、これ、あぁッ、これがいいっ」

浩介の心情など関係なく、由紀は尻を激しく振っている。パンッ、パンッと乾いた音を響かせて、屹立した肉柱を貪っていた。

「も、もう、くううッ、もうっ」

「いいっ、いいっ、あああッ」

目も眩《くら》むような快感が押し寄せる。由紀が乳房を弾ませながら腰を振り、浩介は呻き声をまき散らした。愉悦は先ほどよりも確実に大きくなり、全身の毛がいっせいに逆立った。

「お、俺っ、俺っ……由紀姉ぇっ」

「あぁッ、も、もう、あああッ、もうイキそうっ」

急速にアクメの波が迫ってくる。快楽の嵐が湧き起こり、瞬く間にふたりを呑みこんで巻きあげた。

「くおおおッ、ま、またっ、くおおおおおおおおおおッ!」

ついに欲望が爆発して雄叫びを轟かせる。膣奥でペニスが跳ねまわり、もう出ないと思っていたザーメンが噴きあがった。

「はあああッ、い、いいっ、イクッ、イクイクッ、あああああああああッ!」

由紀も涎《よだれ》を垂らしながら、あられもないよがり泣きを振りまいた。肉柱を根元まで呑みこんだ状態で、背中を大きく仰け反らせる。膣を思いきり収縮させて、ペニスをギリギリと締めつけた。

もうなにも考えられない。かつてない悦楽が全身にひろがっており、アクメの痙攣が収まらなかった。

「ああっ……コウちゃん」

絶頂後も結合を解くことなく、由紀が浩介に覆いかぶさってきた。汗ばんだ首筋に顔を埋めて、柔らかい唇を押し当ててくる。

汗を舐め取っては、チュッ、チュッと口づけをしてくる。その甘い感触に酔いながらも、浩介の胸の奥には不安がひろがっていた。

（こんな媚薬、本当に売ってもいいのか……）

あの淑やかな由紀が別人のように乱れまくったのだ。

今も浩介の体を舐めまわしている。まだ興奮が収まらないのか、膣はペニスをしっかり食いしめていた。媚薬の効果を目の当たりにすると恐ろしくなってきた。

（いったい、どうなっちゃうんだ……）

浩介は絶頂の余韻が色濃く残るなかでぼんやり考えていた。

長閑だった村が、どんどん変わっていくような気がする。

温泉ができれば、きっと村は潤うだろう。多くの人が訪れるようになり、お金を使ってくれるに違いない。温泉街は活気が出て、雇用も生まれるはずだ。若い人たちも村で働くようになるかもしれない。

（でも、本当にそれでいいのか？）

村が元気になるのはいいことだが、なにか違う気がした。

いくら考えても、なにが正解なのかはわからない。絶頂の余韻のなかを漂いながら、浩介の頭のなかで重苦しい不安がどんよりとひろがっていた。

# 第五章　いかせてあげる

## 1

気が重かった。

麻美に裏山の登記簿を見せるように言われているのだ。

もちろん見せるだけではすまないだろう。一気に契約を結ぶように迫ってくるに違いなかった。

麻美と肉体関係を持ち、さらに部下の穂花ともセックスしていた。

完全にはめられた格好だ。すべては麻美の計画どおりに進んでいた。今にして思えば、試し掘りの調査協力費を受け取ったのも失敗だった。そういう積み重ねで、どんどん断りにくい雰囲気になっていた。

ただ法的な拘束力があるわけではないので、今なら突っぱねることもできる。だが一方で、浩介自身、裏山を所有しておく意味はないとも感じていた。毎年、固定資産税を払うだけのお荷物だった。

浩介は軽トラを運転して、隣町の病院にやってきた。

登記簿が保管してあると思われる金庫の開け方を、父から聞き出さなければならない。どう切り出せばいいのか、なんの策もないまま病室のドアをノックした。

「はいよ」

すぐに父の呑気《のんき》な声が返ってきた。

いつも見舞いに来ている母から、かなり具合はよくなっていると聞いている。だから、父の体調に関してはまったく心配していなかった。

「なんだ、おまえか……」

ドアを開けると、父はあからさまに残念そうな顔をした。

「可愛い看護婦さんじゃなくて悪かったね」

「ふん、なにしに来た」

いきなり突っかかってくる。だが、これは元気になった証拠だろう。実際、顔色も悪くなかった。

「見舞いに決まってるだろう」

「おまえまで来ることはない。田植えの準備は進んでるのか」

父は不機嫌そうに言うが、口もとには笑みが浮かんでいる。もしかしたら、息子が見舞いに来たことを喜んでいるのだろうか。

「問題ないよ」

本当は麻美のせいで遅れているが、まだなんとかなる範囲だった。

「ほら、これ」

果物屋で買ってきたメロンの箱を差し出した。

「こんな高価なもの、どうしたんだ」

「だから、見舞いだって」

怪訝な顔をする父を見て失敗したと思った。ご機嫌を取るつもりだったが、メロンは奮発しすぎたかもしれない。だが、父はそれ以上なにも言わずに受け取った。

「ところで、母ちゃんは？」

丸椅子に腰かけながら病室内を見まわした。今日も朝から見舞いに来ているはずだが、母の姿が見当たらなかった。

「売店に行ってる」

父がぶっきらぼうにつぶやいた。それなら話をするのにちょうどいい。浩介はさりげなさを装って慎重に切り出した。

「あのさ、うちに古い金庫があったよね。使ってないなら処分しようかと思ってるんだけど。母ちゃんも邪魔だって言ってたし」

「あれには家の権利書とか、他にも大切な書類が入っている」

やはり裏山の登記簿も金庫のなかだ。なんとしても開け方を聞き出さなければならなかった。

「それなら一応、金庫の番号を教えておいてよ。緊急のときに困るからさ」

確信した浩介は、言葉を選びながら語りかけた。ところが、途端に父の顔が険しくなった。

「おまえ、裏山を売るつもりだろう」

「そ、そうじゃなくて……なにかあったときのためだよ」

浩介は慌ててごまかそうとするが、魂胆を完全に見抜かれていた。

「絶対に売らんぞ」

父はまったく聞く耳を持たない。こうなってしまうと、父の性格からして何時間粘ったところで結果は同じだろう。

「そう……わかったよ」

浩介は諦めて丸椅子から立ちあがった。

時間も金もかかるが、専門の業者に頼むしかない。鍵屋に金庫を開けてもらって、なかの登記簿を取り出すつもりだった。

「じゃあ、帰るよ」

「待て」

病室から出ていこうとしたとき、背後から父に呼びとめられた。

「いい機会だ。この際だから話しておこう」

いつになく真剣な声だった。

ゆっくり振り返ると、父が引き締まった表情で見つめていた。なにか重要な話があるらしい。浩介は雰囲気を察して引き返すと、再び丸椅子に座った。

「あの裏山は代々真崎家が管理してきた。それはおまえも知っているな？」

同意を求められて、浩介は無言のままうなずいた。

大昔から真崎家の土地だったが、絶対に足を踏み入れてはならない場所だった。子供のころ、虫捕りをしたくても許してもらえず、勝手に入ったときはこっぴどく叱られたのを覚えている。理由はわからないが、とにかく近づかないように言いつけられていた。

「東京の商社の人間が来たと言っていたな。まったく、どこで調べたのか……」

父は深いため息をつき、眉間に縦皺を刻みこんだ。

「温泉が出ることは昔からわかっていた。だが、それで金儲けをしたり、悪用したりすれば祟《たた》りが起こると言われている」

「……は？」

浩介は思わず首をかしげた。

祟りと聞いて、なにやら気が抜けた気分だ。

父があらたまった様子だったので真面目に聞いていたが、そんな根拠のない言葉を聞かされるとは思いもしなかった。

（今どき祟りって……）

胸のうちでつぶやくが、父の目は真剣そのものだ。本気で祟りを信じているのだろうか。

「約束を違《たが》えれば、山神さまを怒らせることになる」

父は低い声で淡々と語りつづけていた。

明治時代に一度だけ裏山の洞窟から湯を引いて、温泉場を作ったことがあるらしい。

ところが、村は乱交状態になり、収拾がつかなくなったという。

「それって、明治の大暴動のこと？」

「うむ、そのとおりだ」

父はむずかしい顔でうなずいた。

明治の大暴動――その昔、村で謎の大暴動があったという言い伝えだ。真冬のある冷えこんだ夜、村人たちが我を失ったという。村に住む者なら誰もが知っている昔話だが、それが実際に起こったことだとは思っていなかった。

「まさか、あの温泉が原因で……」

「裏山の温泉には、妖しい力が秘められていると言われている」

父の言葉に浩介は思わず黙りこんだ。

温泉の効能は実際に体験している。抗いようのない凄まじい性欲は、理性を完全に奪ってしまう。確かに危険と背中合わせだった。

「以来、真崎家で厳重に裏山を管理してきたのだ」

箝口令《かんこうれい》が敷かれて、やがて乱交事件のことは忘れ去られていったという。大暴動の真実も裏山から温泉が出ることも、今となっては真崎家当主である父や神主など、村の一部の者しか知らない秘密となっていた。

「絶対に売ってはならん。いいか浩介、いずれはおまえがあの裏山を守っていかなければならないのだぞ」

父の言葉は重かった。

浩介はなにも反論できないまま病室をあとにした。真崎家の長男として生まれたことに責任を感じて、深く考えこんでしまった。

## 2

浩介は病院の駐車場に停めてある軽トラックに戻ったが、すぐには走り出すことができずにいた。

（やっぱり、売るべきじゃない……）

ハンドルにもたれかかって考える。

結論はひとつだった。祟りを信じたわけではないが、裏山を人手に渡してはならない。温泉街の建設は村おこしになるとともに、とてつもない危険を孕《はら》んでいる。そんな気がしてならなかった。

浩介は携帯電話を取り出して、麻美の番号を表示させた。

ドライバーズシートに背中を預けて大きく深呼吸する。そして意を決すると、通話ボタンをプッシュした。

「はい、沢井です」

麻美の声が聞こえた途端に緊張感が高まった。

やり手でクールなキャリアウーマンの顔と、貪欲にペニスをしゃぶる妖艶な表情が交互に浮かんだ。

「真崎です」

「あら、浩介さん、なにかありましたか？」

相変わらず抑揚の少ない声で、しかも表情が見えないので余計に感情が読み取りにくかった。

「裏山の件ですけど、やっぱり売ることはできません」

いきなり本題を切り出した。相手のペースに巻きこまれる前に、きっぱり断るつもりだった。

「そうですか」

麻美はさほど驚いた様子もなくつぶやいた。もしかしたら、こうなることを予想していたのかもしれなかった。

「わたしも相内も、全力で交渉に当たったたつもりでしたが残念です」

遠まわしにふたりと関係を持ったことを言っているのだろう。彼女たちは売買契約を結ぶために身体まで差し出してきた。それを思うと心苦しいが、ここは突っぱねるしかなかった。

「申しわけございませんが、そういうことですので――」

「じつは、お伝えしていなかったことがあります」

浩介が電話を切ろうとしたとき、麻美が低い声で語りかけてきた。

「露天風呂の小屋に隠しカメラを設置しておいたんです」

「……え？」

「もちろん防犯用です。脱衣所と露天風呂、それに休憩室に設置しました」

麻美が淡々と話す声を耳にして、顔の筋肉がひきつってくるのがわかった。やがて全身が熱くなり、毛穴という毛穴から汗がどっと噴き出した。

「先日カメラを確認したところ、予想外のものが映っていたんです」

もう浩介はなにも言うことができない。自分の予想が間違いであってほしいと願いながら、黙って麻美の話す声を聞いていた。

「藤代由紀さんという女性をご存知ですね」

最悪だった。やはり由紀とふたりでいるところが映っていたらしい。まさかカメラがあるとは思いもしなかった。

「村長さんに確認してもらったので、カメラに映っていたのは由紀さんに間違いありません」

「村長に見せたんですか？」

思わず大きな声をあげていた。

「見せたのは顔のアップの静止画だけです。リクライニングチェアでなにをしていたのかまでは、村長さんは知りません」

麻美の声は相変わらず平坦だが、どこか威圧的だ。浩介の弱みを完全に握ったと思っているに違いなかった。

「由紀さんはご結婚されているそうですね」

「な……なにが言いたいんですか」

「ちょっと心配になっただけです。万が一、あの映像が流出したら大変だろうなと思いまして」

確かに麻美の言うとおり、映像が流出したら大変なことになる。なにしろリクライニングチェアで由紀と浩介が激しくセックスしているのだ。この狭い村では瞬く間に噂が広まってしまうだろう。

由紀は夫が出稼ぎ中に不倫を働いた女で、浩介は人妻を寝取った最低の男ということになる。ふたりは後ろ指をさされて、村にいられなくなるだろう。田舎は住民同士の距離が近くて結束が固い。ルールを破れば村に住めなくなるのはわかりきっていた。

「由紀さんの旦那さんが見たら、ショックを受けるでしょうね。離婚ということも充分にあり得ます。それどころか慰謝料を請求されるかもしれません」

麻美は冷静な声で可能性を並べ立てる。これは脅しに他ならない。だが、浩介は抗議できる立場ではなかった。

「え、映像を消してもらえませんか」

無駄だと思いつつ懇願してみる。すると、麻美はどういうつもりか黙りこんだ。この数秒の沈黙が重く両肩にのしかかった。

(俺がいなくなったら……)

浩介が村を出たとしても、村に残る家族に迷惑がかかってしまう。村人たちの冷たい視線に晒されて暮らすことになるのだ。それに妹も大学進学どころではなくなるだろう。

なにより、由紀を巻きこんでしまったことがつらすぎる。彼女には幸せでいてほしい。自分のせいで離婚してほしくなかった。

「今夜、温泉に来てください。そこで相談しましょう」

たっぷり間を置いてから、ようやく麻美が口を開いた。

要求されることはわかりきっている。裏山の売買契約を結ぶことが、映像を消去する条件になるだろう。

「裏山のことなら——」

「とにかく温泉に。話はそれからよ」

麻美は命令口調で時間を告げると、一方的に電話を切ってしまった。

「くッ……」

浩介は思わず軽トラックのハンドルを強く叩いた。

すべては彼女の思う壺だった。常に一歩も二歩も先を読まれており、手のひらで踊らされていた。

3

深夜零時——。

浩介は指定された時間に温泉を訪れた。

小屋の鍵はかかっていなかった。恐るおそるドアを開けて脱衣所に向かうと、麻美と穂花が待っていた。

ふたりともきっちりスーツを着ている。麻美はグレーのタイトスーツで、穂花は若手らしい濃紺のスーツだ。こんな時間に呼び出されていやな予感がしていたが、ビジネスの話をする気はあるようだった。

「時間どおりね」

浩介を見て、麻美が口もとに笑みを浮かべ、穂花のほうは恥ずかしげに顔をうつむかせていた。

「契約してくれる気になったかしら」

いきなり麻美が切り出した。なにしろ盗撮ビデオを握っているので余裕の表情だった。

「お願いします、映像を消してください。俺はどうなってもいいんです。でも、まわりの人に迷惑はかけられません」

浩介は深々と頭をさげて懇願した。自分は村にいられなくなったとしても、家族や由紀を巻きこみたくなかった。

「契約してくれるなら消してあげるわ」

やはり麻美は契約を迫ってきた。予想していたことだが、それは了承できなかった。

「すみません……どうしても裏山を売るわけにはいかないんです」

「あら、映像が出まわってても構わないの？」

「そ、それは……あ、あの、金庫が開かなくて……」

裏山の登記簿が取り出せないことを理由にするが、麻美はまったく動じなかった。

「金庫ごと持ってきてくれてもいいのよ。こちらで開けますから」

「そ、そんなこと、いくらなんでも……」

映像という弱みを握られている以上、どうにもならない。この状況を打開する手段が思いつかなかった。

「じつは……裏山の温泉を金儲けに使うと、祟りがあるんです」

逡巡したのち、父から聞いた話を打ち明けた。

彼女が信じてくれるかどうかはわからない。でも、この状況で契約を突っぱねるには、本当のことを言うしかなかった。

「あなた、それを信じてるの？」

麻美は呆れた様子で尋ねてきた。今どき祟りなどあるはずがないと言いたげな表情だった。

「昔、暴動があったと聞いてますし……とにかく、売れません」

正直、祟りのことは半信半疑だ。しかし、温泉が出るのに長年封印してきた歴史がある。裏山を絶対に売ってはならない気がした。

浩介が頑なな態度を取りつづけると、麻美はいったん黙りこんだ。しばらくなにかを考えている様子だったが、やがて仕方なくといった感じで口を開いた。

「それなら、わたしたちと勝負をしませんか。セックスをして先にイッたほうが負け。これですっきりさせましょう」

「は？」

いったいなにを言い出したのだろう。まったく理解できない。だが、麻美は妖艶な笑みを浮かべて、浩介の目をじっと見つめてきた。

「媚薬を飲んでのセックス勝負。二対一だから、わたしたちのほうが有利ですけど、浩介さんが勝ったらビデオは消去しますし、裏山の件も諦めます。悪い話じゃないと思いますよ。もちろん、負けたら売買契約を結んでもらいます」

麻美の頬はほんのり染まっている。隣に立っている穂花も、なにやら赤い顔でもじもじしていた。

「相内さんも、それでいいの？」

穂花を見ていると声をかけずにはいられなかった。

上司である麻美に命じられて、断れなかっただけではないのか。こんな勝負に無理やり参加させられるのでは気の毒だった。

「わたし、麻美さんの役に立ちたいんです」

穂花はぽつりとつぶやき、熱い眼差しを麻美に向けた。

まるで恋する少女のような瞳だった。もしかしたら、仕事のできる女上司に憧れ以上の感情を抱いているのではないか。頰を染める穂花を見ていると、そんな気がしてならなかった。

「どうしますか、浩介さん」

麻美が決断を迫ってくる。

ビデオがある以上、どうせ逆らえない弱い立場だ。黙って契約書にサインするより、一縷《いちる》の望みに賭けてみたかった。

「わかりました。その勝負、受けて立ちます」

浩介がきっぱり言いきると、麻美はニヤリと笑ってうなずいた。

「真崎さん、これを……」

すかさず穂花が反応する。足もとに置いてあった大きなバッグから、媚薬とミネラルウォーターのペットボトルを取り出した。

「全員でいっしょに飲みましょう」

麻美が急かすように語りかけてくる。

浩介は無言で受け取ると、麻美と穂花も自分たちの分を手に取った。緊張感が高まるが、すでに飲んだことがあるので躊躇はない。全員が媚薬の粉末を口に含み、ミネラルウォーターで流しこんだ。

しばらくすると、胃のなかが熱くなってくる。その熱が全身へとひろがり、毛穴という毛穴から汗が滲み出した。

（来たぞ……）

媚薬が効いてきた証拠だ。

麻美と穂花の顔も火照っている。ふたりは悩ましく腰をくねらせて、潤んだ瞳を向けてきた。

「勝負は露天風呂でよろしいですね」

穏やかな声で麻美が尋ねてくる。

こうなった以上、場所はどこでも同じだ。媚薬の凄まじい威力のなか、快楽に流されずいかにして理性を保ちつづけられるか。最後に勝敗をわけるのは精神力だ。

「もちろんです」

浩介は先に服を脱ぎはじめた。

ズボンとボクサーブリーフをおろすと、媚薬の効果ですでに屹立しているペニスがビイインッと跳ねあがった。

「あっ……」

それを目にした穂花が小さな声を漏らした。

逞《たくま》しい肉柱を目にして、深いアクメの記憶がよみがえったらしい。タイトスカートのなかで内腿をもじもじ擦り合わせた。

「相内さん、冷静にね」

「すみません、つい……」

穂花は涙目になりながら、申しわけなさげに麻美を見やった。

「今からそんなことでは、浩介さんに勝てないわよ」

ジャケットを脱ぎながら麻美が声をかける。ブラウスのボタンを上から順にはずしていくと、黒いシルクのブラジャーが見えてきた。

「は、はい、気をつけます」

穂花もジャケットとブラウスを脱いでいく。彼女が身に着けているのは純白のブラジャーだった。

ふたりがスカートとストッキングを取り去り、さらにブラジャーをはずしてパンティをおろして裸になる。媚薬がかなり効いているらしく、ふたりの柔肌はほのかなピンクに染まっていた。

麻美の熟れた女体は肉感的で、匂い立つような色香が漂っている。腰を微かによじるだけで釣鐘形の乳房がタプンッと揺れた。濃い紅色の乳首が尖り勃《た》ち、まるで浩介を挑発しているようだった。

（やっぱり、すごい……）

熟れきった見事な女体に自然と視線が吸い寄せられた。

股間に茂る陰毛は濃厚で黒々としている。それが情の濃さを表しているようで、思わず生唾を飲みこんだ。

「そんなに見つめて、どうしたんですか？」

麻美がからかうように声をかけてくる。彼女の瞳は発情して潤んでいるが、口もとには余裕の笑みが浮かんでいた。

（もうはじまってるんだ）

浩介は心のなかでつぶやき、奥歯をぐっと強く嚙んだ。

すでに勝負のゴングは鳴っている。裸体を目にしたくらいで動揺していたら勝てるはずがない。気持ちを強く持たなければならなかった。

「ああ……」

裸になった穂花が小さな声を漏らした。

彼女の瑞々しい裸体も魅力的だ。乳房は麻美より小ぶりだが、それでも充分なサイズがあって張りつめている。ミルキーピンクの乳首は期待にふくらみ、乳輪ごとぷっくり隆起していた。

浩介が凝視すると、穂花は恥ずかしげに身をよじる。恥丘を覆っているうっすらとした陰毛が、さわさわと静かに揺れていた。

(俺は、今からこのふたりと……)

想像するだけで鼻息が荒くなり、勃起した男根の先端に我慢汁が滲んだ。

麻美と穂花、まったくタイプの異なるふたりを相手にしなければならない。かなりむずかしい勝負になるだろう。

「行きましょうか」

麻美が声をかけてくる。裸になった三人は、いざ勝負の場所である岩風呂へと向かった。

## 4

満天の星の下、浩介は岩風呂の中央で仁王立ちしていた。

脚は湯に浸かっており、湯気がもうもうと立ちのぼっている。媚薬成分が含まれている湯気を吸うことで、さらに全身の血液が沸き立つはずだ。すでにペニスは硬く反り返り、先端から我慢汁が滴るほど滲んでいた。

「最初はわたしたちからでいいですよね」

麻美はそう言うなり、浩介の背後にまわりこんだ。

正面からは穂花が、背後からは麻美がぴったり裸体を寄せてくる。ふたりとも髪をアップにまとめているため、白いうなじが剝き出しだった。

「ううっ……」

思わず小さな声が溢れ出す。

胸板と背中に柔らかい乳房が触れている。しかも、ふたりは首筋や背筋に唇を押し当てて、さらに舌を這わせてくる。ついばむようなキスを繰り返しては、舌先でチロチロとくすぐってきた。

「気持ちいいですか？」

穂花が首筋から鎖骨にかけてを舐めまわしてくる。至近距離からじっと見つめられて、胸の鼓動が速くなった。

「背中も気持ちいいでしょう？」

麻美が背後から声をかけてくる。舌先で背筋を丁寧に舐めあげられて、ゾクゾクするような快感が走り抜けた。

「くうっ……い、いいです」

つい言葉にした直後、失敗したと思った。これは勝負なのだ。感じていることを悟られてはならない。相手に隙を見せてはならなかった。

しかし、ふたりはここぞとばかりに愛撫を加速させる。穂花の唇が胸板までさがり、乳首をチュッと吸いあげた。

「うッ……」

「ここがいいんですか？」

問いかけられても浩介は答えない。感じていることをごまかそうとするが、左右の乳首を交互に吸われると弱かった。

「うむッ、べ、別に……」

意地を張って感じていない振りをする。ところが、体は確実に反応していた。

「硬くなってきましたよ。浩介さんのここ」

名前を呼ばれてドキリとする。穂花は充血した乳首に舌を這わせながら、上目遣いに見つめてきた。

唾液を塗りつけられて吸引されると、乳首はさらにふくらんでしまう。感度が異常にあがっているのは媚薬の効果かもしれない。そこを前歯で甘噛みされて、全身がビクッと反応した。

「うくぅッ！」

「やっぱり、これが気持ちいいんですね？」

乳首を口に含んだまま問いかけてくる。甘噛みでジンジン痺れている乳首を、舌でやさしく転がされた。

「あ、相内さん――」

「今は名前で呼んでください」

浩介の言葉を穂花の甘えた声が遮った。

硬くなった乳首をそっと吸われると逆らえない。浩介は躊躇しながらも再び口を開いた。

「ほ、穂花ちゃん……」

彼女の名前を呼ぶだけで気持ちが高揚する。しかし、喉もとまで出かかった「気持ちいい」という言葉をなんとか呑みこんだ。

「じゃあ、こっちはどうですか？」

背後から麻美の声が聞こえてくる。背筋に舌先を這わせて、繊細なタッチでくすぐっていた。その舌がじりじりとさがり、腰から尾骨へと移動する。両手を尻たぶに当てて、臀裂のはじまりの部分を舐めまわしてきた。

「さ、沢井さんっ、くううッ」

「わたしのことも名前で呼んでくださいね」

舌先が徐々に尻の割れ目に入りこんでくる。浩介は反射的に全身を硬直させて、尻の筋肉を引き締めた。

「そ、それ以上は……あ、麻美さんっ」

あと少しで舌先が肛門に達してしまう。懸命に訴えるが、麻美の舌はさらに潜りこんできた。

「ううッ……くううッ！」

ついに尻の穴を舐められて、強烈な快感電流が脳天まで突き抜ける。全身が大きく反り返り、こらえきれない呻き声が溢れ出した。

（し、尻の穴まで舐めるなんて……）

浩介はたまらず腰をよじった。普段はクールな麻美が尻の穴をしゃぶっているのだ。

「お尻も感じるんですね」

麻美の声が聞こえた直後、今度はペニスが熱いものに包まれる。はっとして股間を見おろすと、穂花が肉棒を咥えこんでいた。

「ほ、穂花ちゃん……ううウッ」

「あふンンっ」

ピンクに唇が肉胴にぴったり密着している。穂花は虚ろな瞳で肉棒を口に含み、ゆったりと首を振っていた。

「ンっ……ンっ……大きいです」

ペニスをしゃぶることで、彼女自身も興奮しているようだ。穂花は湯のなかにしゃがみこんだ状態で、自分の股間に片手を伸ばしていた。

（まさか、自分で……）

しきりに腰を左右によじっている。どうやら指で女陰をいじっているらしい。興奮を抑えきれず、フェラチオしながらオナニーしているのだ。

「あふっ、逞しいです、あふンっ」

夢中になって首を振り、勃起したペニスを味わっている。我慢汁を躊躇することなく嚥下して、太幹に舌を這いまわらせてきた。

「くううッ、ちょ、ちょっと……」

快感がどんどん大きくなっている。いつしか全身が汗ばみ、ペニスはこれでもかと硬直していた。

「こっちも感じるんでしょう……ンンンっ」

背後にしゃがみこんだ麻美が、唾液でほぐれた肛門を舌先で圧迫してくる。やがて尖らせた舌が、尻穴にヌプッと入りこんだ。

「はううッ！」

かつてない刺激が走り抜けて、甲高《かんだか》い呻き声が漏れてしまう。

まさか肛門に舌を挿入されるとは思いもしない。妖しい快感が湧き起こり、しゃぶられているペニスがさらに硬くなる。脳が蕩けそうな愉悦が押し寄せて、新たなカウパー汁がどっと溢れ出した。

（こ、こんなにいいなんて……ううッ）

これ以上つづけられると危険だった。なにしろ男根をしゃぶられながら、尻穴も舐められているのだ。ふたりがかりで同時に前後から愛撫されて、急激に性感が高まっていた。

「こ、今度は俺の番ですよ」

浩介が声をかけると、ふたりは意外にもあっさり愛撫を中断して立ちあがった。女体から湯が滴り落ちる様子が、なおさら浩介の欲望を掻きたてた。

すでにふたりの乳首はビンビンに勃っている。浩介を愛撫することで興奮したのは間違いない。乳輪までふくらんで硬くなっているのが、いかに彼女たちが発情しているのかを如実に示していた。

「どうぞ浩介さんのお好きになさってください」

麻美が悠然と挑発的な言葉をかけてくる。穂花も湯で濡れた乳房を揺らしながら見つめてきた。二対一なので負けるはずがないと思っているのだろう。余裕が感じられた。

ただ、ふたりとも瞳がトロンと潤んでいる。息をハアハアと乱しながら、くびれた腰を焦れたようによじらせている。媚薬の効果で発情して、刺激を欲しているのは間違いなかった。

「じゃあ、そこに手をついてください」

浩介は露天風呂の奥にある大きな岩を指差した。

麻美が前屈みになって岩に手をつける。腰をほぼ九十度に折り、尻を後方に突き出す格好だ。穂花も上司にならって隣で同じポーズを取った。

(おおっ、これはすごい)

思わず腹のなかで唸り、ふたつの尻を眺めまわした。

右側に麻美の熟れた尻がある。むっちりと大きく、表面がツルリとしている。なにより柔らかそうで、深い臀裂に顔を埋めたい衝動に駆られた。

左側には穂花のプリッとした双臀が揺れている。麻美と比べると小ぶりだが、尻たぶの頂点が上向きだ。瑞々しい白桃を思わせる新鮮なヒップだった。

ほとんど無意識のうちに両手を伸ばし、ふたつの尻を撫でまわした。

右手で麻美の熟尻を、左手では穂花の若尻を感じている。なめらかな肌触りを心ゆくまで堪能して、柔肌に指を食いこませた。麻美はつきたての餅のように柔らかくて粘りがあり、穂花は水風船のように張りつめて弾力があった。

「ああっ、浩介さん……」

「わたし、もう……はンンっ」

麻美が濡れた瞳で振り返れば、穂花も焦れた様子で腰をよじる。ふたりとも昂っているのは間違いなかった。

（よし、そういうことなら……）

遠慮する必要はないだろう。彼女たちの待ちきれない様子を見て、浩介もますます高揚した。

尻たぶを撫でまわしていた両手の中指を、それぞれの臀裂に滑りこませる。指先で尻の穴をそっと撫でて、さらに進むと柔らかい部分に到達した。クチュッという湿った音が聞こえるとともに、指先がわずかに沈みこんだ。

「あンっ、そ、そこ……」

「や、やだ……はあンっ」

麻美と穂花が同時に声をあげた。

指先に感じる柔らかい部分は女陰に間違いない。敏感な場所に触れられて、ふたりの尻がピクッと跳ねあがった。

「どうして、こんなに濡れてるんですか？」

彼女たちの股間が湿っているのは、決して温泉のせいではない。その証拠にヌメリがあるし、なにより撫でるたびに新たな蜜が湧き出していた。

「こ、浩介さんが触るから……」

「そんなにいじられたら……あンンっ」

麻美が恨めしげな瞳で振り返り、穂花も尻を左右に振りはじめる。ふたりがさらなる刺激を求めているのは明らかだった。

それならばと中指の先端を膣口に沈みこませていく。媚薬が効果を発揮して、麻美も穂花もすっかり準備が整っている。女壺はすっかり濡れそぼり、浩介の指をいとも簡単に受け入れた。

「おおっ、もうトロトロじゃないですか」

中指の第一関節まで挿《い》れたところで、いったん動きをとめる。膣口はキュウッと締まって指を締めつけてきた。

「こ、これくらい、どうってことないわ」

麻美は強がっているが、膣口からは愛蜜がどんどん溢れてくる。尻たぶにも小刻みな震えが走っていた。

「い、いやです、そ、そこ……はあぁンっ」

穂花はたまらなそうに尻を左右に揺らしている。まだ指先を挿れだけなのに、喘ぎ声が大きくなっていた。

いずれにせよ、ふたりが感じているのは確かだ。浩介はさらに指を挿入して、ついには根元まで沈みこませた。膣襞が絡みつき、思いきり絞りあげてくる。麻美の吸着するような感触に対して、穂花はギリギリと強烈な締めつけだった。

（こんなに違うんだ……ここにチ×ポを挿れたら……）

想像するだけで興奮が倍増する。膣内で指を動かすと、湿った音が深夜の露天風呂に響き渡った。

「そ、そんなに動かしたら……ああッ」

「あンっ、こ、擦れてますぅっ」

麻美が抗議するような声をあげて、穂花は甘ったるい声で喘ぎ出す。ふたりがそうやって反応してくれるから、ますます愛撫に熱が入った。

浩介は指をゆったりピストンさせて、絡みついてくる媚肉を刺激した。すると指の血流がとまるほど締めつけてくる。それならばと膣内で指を鉤状に曲げれば、双つの尻が同時にぶるるっと震えあがった。

「はうッ、そ、それすごいです」

「なかがゴリゴリって……あああッ」

ふたりの喘ぎ声が大きくなる。濡れた媚肉が指にまとわりつき、思いきり締めあげてきた。

（よし、そろそろ……）

浩介も全身の血液が沸き立つほど昂っている。勃起したペニスの先端から我慢汁が垂れ流しになっており、一刻も早く挿入したくてたまらなかった。

膣から指を引き抜くと、まずは麻美の背後に立って熟れた尻を抱えこんだ。柔らかい尻たぶを撫でまわし、臀裂をグッと割り開く。すると、赤く充血した女陰が透明な蜜を滴らせていた。

「こ、浩介さん……」

麻美はかすれた声で呼びかけてくる。尻を左右に揺らして挿入を求めてきた。

「じゃあ、いきますよ」

我慢できないのは浩介も同じだ。亀頭を女陰にあてがうと、一気に根元まで押し進めた。

「あああッ、い、いきなりっ」

汗ばんだ背中が反り返り、絶叫にも似たよがり声が響き渡る。麻美は大きな尻を震わせて、深く入りこんできたペニスを絞りあげた。

「こ、これは……うむッ」

よほど発情していたに違いない。膣襞がいっせいに絡みつき、さらに奥へ引きこもうとする。射精欲が掻きたてられて、とっさに奥歯を食い縛った。

（や、やばい、このままだとすぐに……）

額に冷や汗が滲んでいた。

この勢いで締めつづけられたら、あっという間に限界が来てしまう。ひとり目で撃沈していたら話にならない。この勝負で浩介が勝利する条件は、ふたりをイカせることだった。

百戦錬磨の麻美はあとまわしにしたほうがいい。まずは経験の浅い穂花を攻略してから再び挑むべきだろう。

「くっ……」

浩介は腰をゆっくり引いて、ペニスを女壺から抜き取った。

「あンっ……どうして？」

麻美が振り返り、不満げな声でつぶやいた。

亀頭が抜けた瞬間、ぱっくり開いた膣口から、大量の華蜜が溢れて浴槽に滴り落ちていった。膣口はすぐに閉じたが、二枚の陰唇は物欲しげに蠢いている。男根で激しくピストンされるのを心待ちにしていた。

「麻美さんはあとでまた……今度は穂花ちゃんだよ」

穂花の瑞々しいヒップの背後に移動すると、さっそく亀頭を慎ましやかな陰唇に押し当てる。途端に彼女は腰を小刻みに震わせるが、構うことなく亀頭をヌプッと埋めこんだ。

「あああッ、お、大きいっ」

まだ先端を挿入しただけなのに、穂花は激しく反応する。膣口を条件反射的に収縮させて、カリ首を強く締めつけてきた。

「こ、浩介さん……や、やさしくしてください」

我慢できないほど発情しているのに、穂花は怯えたような瞳で振り返った。

その顔を見た瞬間、車のなかで交わった夜のことを思い出した。あのときはストッキングを破っての、なかば強引な挿入だった。穂花は口では抗っていたが、膣がトロトロになるほど感じていた。

あのときの体験が役に立ちそうだ。おそらく穂花は責められるのが好きなタイプなのだろう。

（そういうことなら……）

遠慮するつもりはない。この勝負になんとしても勝たなければならないのだ。

浩介は亀頭だけ女壺に埋めこんだ状態で、白桃のような尻たぶを両手でわしづかみにした。

「あっ……」

指を強く食いこませただけで、穂花の唇から甘い声が溢れ出す。少し痛いくらいの刺激だが、それでも感じているらしい。膣口が収縮してペニスをしっかり食いしめてきた。

(やっぱり、こういうのが感じるんだ)

それならばと、今度は尻たぶを軽く平手打ちしてみる。ペシッという音が露天風呂に響き渡り、同時に女体が大きく仰け反った。

「はンンッ……そ、それ、ダメですぅっ」

首を振って抗うが、穂花の言葉には甘い響きがまざっている。しかも膣の奥から新たな華蜜が滲み出して、亀頭をぐっしょり濡らしていた。尻を打たれて感じているのは明らかだった。

「やっぱり、こういうのが好きなんだね」

両手で尻たぶを交互にペシペシ叩く。そのたびに膣口がヒクついて、肉棒をしっかり食いしめてきた。

「あっ……あっ……」

穂花は切なげに腰をよじり、切れぎれの喘ぎ声を漏らしている。さらなる刺激を欲しているが、あえて亀頭だけを挿入して動かさなかった。

車のなかでセックスしたとき、女壺の浅瀬を掻きまわすことで穂花は燃えあがっていた。焦らされることで性感がますます昂るらしい。あのときのようにじっくり抽送すれば、絶頂に導くことができるのではないか。

（よし、それなら……）

奥まで突きこみたいのを我慢して、腰をほんの少しだけ動かしてみる。女壺の入口付近を、亀頭でクチュクチュと遊ばせた。

「あンっ……ああンっ」

穂花は腰をくねらせて、甘ったるい喘ぎ声を漏らしはじめる。湯煙が立ちのぼるなかで、汗ばんだ女体が艶っぽく悶えていた。

（き、気持ちいい……でも、まだ……）

思いきりピストンしたいが、奥歯を強く嚙んで耐え忍ぶ。まだ射精するわけにはいかない。穂花だけをイカせなければならなかった。

大量に分泌された華蜜が、膣口で湿った音を響かせている。膣襞がうねって亀頭を包みこんできた。これこそ感じている証拠に違いない。浩介はここぞとばかりに浅瀬ばかりを集中的にえぐりつづけた。

「あッ……あッ……そ、そこばっかり……」

穂花の結合部はすでに大量の華蜜でドロドロになっていた。

「これがいいんだね？」

浩介も感じているが、表情には出さないように気をつける。小刻みな抽送で浅瀬を掻きまわし、焦れるような快感を送りつづけた。

「はあンっ、も、もう……」

穂花はイクのをなんとかこらえていたが、耐えられなくなったのか涙を流しながら腰を振りはじめた。その様子を目の当たりにした麻美が、喘ぎ泣く部下に裸体をそっと寄せて密着させた。

「つらいのね……もう我慢しなくていいわよ」

女同士だからこそ、穂花が感じている快感と焦燥感を理解できるのだろう。麻美は穂花の頭をそっと撫でると、頰にチュッとキスをした。

「あ、麻美さん……」

その瞬間、女壺が収縮して男根を食いしめる。麻美に憧れている穂花の反応は顕著だった。

「ううッ……」

肉棒を締めつけられて浩介の欲望もふくれあがる。そろそろ頃合いと見て、力強く腰を振りはじめた。

「あああッ！」

長大なペニスを根元まで叩きこむと、途端に穂花の唇からよがり声が響き渡る。女壺が激しくうねり、愛蜜がどっと溢れてきた。

「おおッ、す、すごいっ」

浩介は奥歯を食い縛り、腰の動きを速くする。一気に絶頂に追いあげようと、アクセル全開で肉棒を抽送した。

「ああッ、ああッ、は、激しいっ、あああッ」

穂花は自ら尻を突き出し、積極的に腰を振りはじめる。もうイキたくて仕方ないらしい。貪欲に男根を貪り、必死に膣を締めつけてきた。

「おおッ……おおおッ」

凄まじい快感だ。しかし、ここで暴発するわけにはいかない。浩介はくびれた腰を両手でつかむと、体重を浴びせるように男根を叩きこんだ。

「あああッ、も、もうダメですっ、あああッ、麻美さん、ごめんなさい、イ、イキそうですっ」

穂花が涙声で訴える。その直後、膣が猛烈に収縮して、肉柱をギリギリと食いしめてきた。

「ぬうううッ」

危うく射精しそうになるが、精神力で耐えきった。そして亀頭をさらに押しこみ、子宮口をこれでもかと圧迫した。

「はあああッ、い、いいっ、イクッ、イッちゃうっ、あぁあああああああッ！」

ついに穂花の唇からアクメの嬌声が迸る。女体が大きく仰け反り、感電したように痙攣した。

「うぐッ……」

浩介は奥歯が砕けそうなほど食い縛った。汗ばんだ白い背中が緩やかな曲線を描く様子に見惚《みと》れながら、なんとか射精欲を抑えこんだ。

(や、やった……まずは穂花ちゃんをイカせたぞ)

ゆっくり腰を引いてペニスをズルリと引き抜いた。

その途端、穂花は脱力してしゃがみこんだ。湯船のなかで横座りして、縁の岩にもたれかかった。絶頂をぎりぎりまで我慢したことで、達したときの快楽はより激しかったようだ。もう言葉を発する余裕もないらしく、ただハアハアと荒い呼吸を繰り返していた。

「やるわね。じゃあ、次はわたしよ」

休む間もなく、麻美が声をかけてくる。

部下がイカされる姿を目の当たりにして、すかさず挑んできた。浩介の手を引いて洗い場へと移動した。

「横になってもらえるかしら」

「こう……ですか？」

言われるまま仰向けになると、すぐさま麻美が股間にまたがってきた。足の裏を地面につけた騎乗位の体勢だ。屹立したままのペニスの先端に、いきなり女陰が押し当てられた。

「ううッ……」

穂花とのセックスで高まっており、軽く触れただけでも鮮烈な快感がひろがった。

「ふふっ、すぐにイッちゃいそうね」

麻美は余裕の笑みを浮かべると、熟れた尻を落としこんできた。亀頭が女壺のなかにヌプリッとはまり、なかに溜まっていた愛蜜が溢れ出した。

「あああッ、硬いわ」

瞬く間にペニスがすべて収まって、麻美の喘ぎ声が露天風呂に響き渡った。

「くううッ、あ、熱い……」

膣のなかは煮えたぎったように熱くなっている。浩介は挿入しただけで腰をブルブル震わせた。

「一気にイカせてあげるわ」

すかさず麻美が腰を振りはじめる。浩介の胸板に両手を置き、ヒップを上下にバウンドさせた。

「おおッ、い、いきなり……おおおッ」

硬化した肉柱を思いきり媚肉でしごかれる。すでに充分すぎるほど高まっているので、早くも大量の我慢汁が溢れ出す。ヌルヌルと擦れるのが気持ちよくて、呻き声をこらえきれなかった。

「そ、そんなにされたら……ぬううッ」

「ずいぶん気持ちよさそうね。じゃあ、こういうのはどうかしら？」

激しく腰を振っていたと思ったら、今度は円を描くように回転させる。男根が四方八方から揉みくちゃにされて、悦楽の波が押し寄せてきた。

「くおおおッ」

射精欲がこみあげてくるが、浩介は奥歯を食い縛って耐え忍んだ。

絶対にイクわけにはいかない。だが、受け身のままでは追いつめられてしまう。なんとか反撃に転じなければならなかった。限界が近づいている。媚薬の凄まじい効能を実感しながら、いきり勃ったペニスを真下から突きあげた。

「くおおおおッ！」

「はああッ！」

膣の奥を叩いた瞬間、女体が弓なりに反り返った。

その反応を見て思い出す。以前ここで交わったときも、麻美は膣奥を突かれると敏感に反応していた。試しにもう一度膣奥を強く抉ってみる。すると、女体に激しい痙攣が走り抜けた。

「あああッ、ふ、深いわ」

麻美は顔を上向かせて、まるで金魚のように口をパクパクさせている。やはり間違いない。彼女の弱点は女壺の奥だ。ここを集中的に責めれば、なんとかなるかもしれなかった。

「もしかして、イキそうなんですか？」

両手でくびれた腰をつかむと、股間を連続して突きあげる。亀頭を膣の奥にねじこみ、意識的に子宮口を叩きまくった。

「あッ……ああッ」

「ほらほら、イキそうなんでしょ？」

ここぞとばかりに追いこんでいく。男根をピストンさせて尋ねると、彼女は全身を震わせながらも首を左右に振って否定した。

「ま、まさか……こ、これくらいで……」

強がっているが感じているのは間違いなかった。

女壺がたまらなそうにヒクつき、膣襞がざわついている。裏山の売買契約がかかっていなければ、もう昇りつめているのではないか。そう思わせるくらい、女体は顕著に反応していた。

「ああッ……ぜ、絶対に負けないわよ。わたしがイカせてあげる」

麻美も再び腰を振りはじめる。膣を猛烈に収縮させて、ペニスをギリギリ締めあげてきた。

「ううッ、き、気持ちいいっ」

浩介はたまらず呻いて動けなくなる。股間から全身に快楽がひろがり、またしても防戦一方になってしまった。

「ほら、もっと感じなさい。このままイクのよっ」

麻美が猛然と責めてくる。腰を回転させて媚肉でペニスをこねまわしてくると同時に、指先で浩介の乳首を摘みあげた。

「ぬううッ、ま、また……」

射精欲の波が押し寄せてくる。浩介は慌てて全身の筋肉に力をこめて、爆発しそうになる快感を抑えこんだ。

「ま、負けるわけにはいかないんだ！」

気合いを入れ直すと、凄まじい勢いで股間を突きあげた。先端が子宮口に到達して、しっかりググッと圧迫した。

「ああッ、い、いいっ」

麻美が裸体を震わせながら仰け反った。剛根を膣奥に穿ちこむたび、女壺がきつく収縮した。

「おおッ……くおおおッ」

両手を伸ばして乳房を揉みまくる。柔肉に指を沈みこませながら、ペニスを勢いよく抜き差しした。

「あああッ、は、早くイキなさいっ」

「あ、麻美さんこそイッてくださいっ」

絶対に音をあげるわけにはいかない。無数の濡れ襞が絡みついてくるが、浩介は懸命に耐えながら肉柱を出し入れした。

グチュッ、ジュブッという華蜜と我慢汁のまざった音が響き渡る。ふたりとも激しく興奮しており、体液の分泌量はどんどん増えていく。発情の汁が滴となり、結合部分をぐっしょり濡れていた。

「くううッ、し、締まるっ」

「あンっ、つ、強い、ああンっ」

子宮口を亀頭で小突きながら、双つの乳首を指先で摘みあげる。強弱をつけて刺激すると、女壺のうねりが大きくなった。

「す、すご……うおおおッ」

玉砕覚悟で腰を振る。経験で勝《まさ》る麻美をイカせるには、このまま一気に追いあげるしかなかった。

「あああッ、こ、こんなに激しいなんて」

麻美がとまどった声を漏らして振り返る。浩介の腰使いは前回のセックスよりも力強さを増していた。麻美からはじまって由紀、穂花と経験を積んだことで、多少なりとも持久力がついていた。

「ま、まだまだっ……おおおおッ！」

浩介にも限界が近づいている。それでも一心不乱に腰を振り、亀頭を膣奥に叩きつけていく。浩介が暴発するのが先か、麻美が達するのが先か、こうなったら一か八かの勝負だった。

「はあぁッ、ま、待って、当たってる、あああッ」

麻美の声が切羽つまってくる。絶頂が迫っているのは間違いない。浩介はここぞとばかりに女壺の奥を思いきり貫いた。

「おおおおおおッ！」

「あああぁッ、い、いいっ、奥がいいのっ、あああッ、イクッ、イクううッ！」

絶叫にも似たアクメのよがり泣きが響き渡った。麻美の女体が大きく弾み、ついに絶頂へと昇りつめた。愛蜜がジュブッと溢れて、根元まで埋まった肉柱がギリギリ絞りあげられる。

麻美が先にイッたのを確認すると、浩介はそのまま腰を振りつづけて、女壺の最深部で欲望を解き放った。

「おおおおッ、お、俺も、おおおおッ、ぬおおおおおおおおおッ！」

ペニスが女体の奥で暴れまわり、たまらず雄叫びを迸らせる。熱い媚肉に包まれながらの射精は、ペニスが蕩けそうなほどの快感だ。思いきり精液を放出するたび、獣のような呻き声をあげていった。

（や、やった……勝ったんだ）

絶頂の余韻が落ち着くと、浩介は勝利を嚙みしめた。

なんとかふたりを先にイカせることに成功したのだ。ギリギリの勝負だったが、最後まで耐え抜いたのは浩介だった。

「俺が勝ったのだから、約束どおり映像を確実に消してください」

声をかけるが返事はなかった。

麻美は隣で横座りしている。悔しそうに下唇を嚙み、肩を落として顔をうつむかせていた。激しすぎるアクメと敗北感で、もう口を開く気力もないようだった。

「それと……気が変わりました。裏山を売ってもいいですよ」

浩介は勝利したことより、媚薬がもたらす快楽に心を動かされていた。

穂花と麻美、ふたりの女性をよがり狂わせたうえ、射精するときの悦楽も凄まじかった。まだ脳髄まで痺れきっており、全身の細胞が絶頂の余韻に震えていた。これほどの愉悦は、媚薬を使わなければ味わえないだろう。

裏山の売買契約を断るつもりで勝負に挑んだ。しかし、いざ勝ってみると、この愉悦を手放すのが惜しくなってきた。おそらく、これ以上の快楽に出会うことは生涯ないだろう。

浩介が語りかけると、麻美は驚いた顔で見あげてきた。

「ただ、裏山を売るのには条件があります。媚薬をわけてください。市販する薄めたものではなく、オリジナルの媚薬です。それが条件です」

「なにを言ってるの？」

「それくらいの恩恵があってもいいでしょう」

媚薬は合法的な成分だと聞いているが、浩介はすっかり虜になっている。一度知ってしまった快楽を放棄することはできなかった。

「ふっ……わかったわ。でも、個人で楽しむだけにしてね」

こと細かく説明せずとも意図は伝わったらしい。麻美は口もとに笑みを浮かべてこっくりうなずいた。

きっと、これが最善の選択だ。

温泉街ができれば村おこしになり、裏山を売った金で妹を大学に行かせてやることができる。そして、浩介はこれからも最高の快楽を味わえるのだ。

「契約成立ね」

麻美は満足げにつぶやいて立ちあがり、浴槽で呆けている穂花の手を引いて連れてきた。

「まだできるでしょう？」

意味深な瞳で浩介の股間を見やった。

男根は雄々しく屹立している。なにしろ媚薬が効いているのだ。一度の射精では収まりそうになかった。洗い場で仰向けになっている浩介の股間に、再び麻美がまたがってきた。

「ねえ、もう一度……はンンっ」

またしても騎乗位だ。達した直後だというのに、麻美は腰をゆっくり落として男根をすべて女壺に受け入れた。

「ああンっ、深いわ」

「おおッ、あ、麻美さん、全部入りましたよ」

熱い媚肉に包まれて、すぐさま快楽の波が押し寄せてくる。媚薬の効果が持続しており、何度でもセックスできそうなほど興奮していた。

「浩介さん、わたしもいいですか？」

顔の上に穂花がまたがってくる。やはり足の裏を床に着けて、麻美と向き合う格好で腰を落としてきた。

「ほ、穂花ちゃ——うむッ」

浩介の声は途中で呻き声に変わった。目の前の迫ってきた女陰が、あっという間に口に密着したのだ。

「あンっ、気持ちいいです」

穂花は甘い声をあげているが、愛蜜でトロトロになった陰唇が容赦なく鼻まで覆ってしまう。息苦しさのあまり、浩介は必死になって首を振りたくった。

「あっ……あっ……そ、それ、すごくいいです」

結果として女陰を擦ることになり、穂花の喘ぎ声が大きくなる。そして、自ら股間をグニグニ押しつけてきた。

「ううッ、ほ、穂花ちゃん……はむううッ」

なんとか鼻で呼吸できるようになり、反撃とばかりに舌を伸ばして舐めまわす。すると、穂花は目の前の麻美に抱きついて、口づけをせがみはじめた。

「ああンっ、麻美さん、キスしてください」

「もう、仕方ないわね……はンンっ」

麻美は可愛い部下のおねだりに応えながら、腰を上下に振りはじめる。浩介の剛根を女壺でしごきあげて、自らも快楽を貪っていた。

(す、すごい……すごいぞ)

ふたりの女性が浩介の体にまたがっている。全員が腰を振ることで、どんどん快感が高まっていく。信じられないことが現実となっていた。

穂花の女陰から溢れた華蜜が、口のなかにトロトロと流れこんでくる。舌を伸ばして膣に差し入れると、彼女は腰を小刻みに痙攣させた。

「あああッ、い、いいっ、気持ちいいですぅっ」

「ああッ、ああッ、いいっ、いいわっ」

穂花の喘ぎ声に呼応するように、麻美の腰の動きが激しくなる。リズミカルに腰を振ることで、ペニスが蕩けそうな快楽に包まれた。

「くううッ、も、もうっ、ぬおおおッ」

早くも絶頂の大波が迫ってくる。浩介も懸命に舌を伸ばして穂花の女陰をしゃぶりつくし、さらには股間を突きあげて麻美の女壺を奥の奥まで抉りまくった。

「ああッ、気持ちいいっ、も、もうダメですぅっ」

「あああぁッ、わ、わたしもよ、はあああッ」

甘えるような穂花の喘ぎ声が引き金となり、麻美も腰をガクガクと震わせる。男根をきつく締めつけて、いよいよアクメの急坂を昇りはじめた。

「ぬううッ、お、俺もです、おおッ、おおおおッ」

急速に射精欲がふくれあがる。三人とも快楽に溺れており、凄まじい愉悦の嵐が吹き荒れた。

「もうダメぇっ、ああッ、イクッ、イキますッ、あぁあああああああッ！」

「あああッ、イクッ、イクイクッ、はあああッ、イックうううううッ！」

穂花と麻美が全身を痙攣させながら昇りつめる。オルガスムスの嬌声を夜空に響かせて、愛蜜をふたり同時にプシャアアッとしぶかせた。

「おおおおッ、き、気持ちいいっ、おおおッ、ぬおおおおおおおおッ！」

一瞬で目の前がまっ赤に染まる。浩介も全身を跳ねあげて、女壺の奥深くでザーメンを噴きあげた。

脳髄が灼け爛れるような絶頂感が訪れる。理性が吹き飛び、獣のような雄叫びを振りまいた。今はなにも考えず、ただ快楽に溺れていく。穂花の女陰をしゃぶりまくり、麻美の女壺にペニスを思いきり突きこんだ。

浩介にまたがった穂花と麻美も、延々と腰を振っていた。

三人は媚薬セックスでしか得られない至極のエクスタシーにどっぷり浸り、本能のままに悦楽を求めつづけた。

# エピローグ

売買契約を締結するのは三日後だ。

それまでに麻美と穂花は東京本社で契約書を作成して、浩介は専門業者に頼んで金庫から登記簿を取り出すことになっていた。

雨が降り出したのは露天風呂からの帰り道だった。

朝のうちは小降りだったが、午後には本降りになっていた。夜になると雨足はさらに強くなり、かつてない大雨となった。雨は二日間にわたって降りつづけて、川が氾濫した。

田んぼを耕すこともできず、浩介は家に閉じこもっているしかなかった。

その間、冷静になったことで葛藤が生じた。先祖代々守ってきた裏山を本当に売ってもいいのだろうか。でも、あの強烈な快楽を一度でも味わったら、忘れることなどできるはずがなかった。

三日目になってやっと雨があがったが、

「浩介くん、大変なことになった」

早朝、村長が血相を変えて訪ねてきた。

大雨の影響で裏山が崩れたという。浩介は慌てて家を飛び出すと、村長を置き去りにして走り出した。裏山の泥濘《ぬかる》んだ斜面を何度も転びながら駆けあがった。

「なんだ……これは？」

温泉が跡形もなくなっていた。土砂崩れに巻きこまれて、湯を引いている洞窟もろとも完全に埋まってしまったのだ。

愕然とした。麻美や由紀、穂花らと狂おしい性の宴《うたげ》を繰りひろげた温泉場は、大量の土砂に埋もれて完全に消えてしまった。

「ああ、これはもうダメだな……」

遅れてやってきた村長が肩を落としてつぶやいた。

若いころ、出稼ぎで工事現場をまわっていた経験からわかるようだった。

あの深い洞窟を掘り返すには大規模な工事を行わなければならない。大型の重機が何台も必要になる。だが、ここまで重機を入れる道がないし、再び温泉が出る保証もなかった。

「まず道路を作らなければならん。現実的に考えると、そんなことは……」

村長の深いため息がすべてを物語っていた。

未曾有《みぞう》の大雨が夢も希望も洗い流してしまった。

温泉街の計画は夢と消えた。当然ながらあの媚薬が製造されることもない。使い道のない裏山だけが残っていた。

（もしかして、あの雨は……）

呆然と立ちつくしていた浩介はふと思った。

あの大雨は、父が言っていた祟りだったのかもしれない。

凄まじい快感を味わえなくなると思うと名残惜しい。だが、冷静に考えてみれば、これが村のためだったのではないか。

ここのところざわついていた気持ちが久しぶりに落ち着いた。村長は涙ぐんでいるが、浩介はなにかすっきりした気分になっていた。

（これでよかったんだ……きっとこれで……）

群青《ぐんじよう》色の空を見あげて、心のなかで何度もつぶやいた。


（了）

※本作品はフィクションです。
作品内の人名、地名、団体名等は
実在のものとは関係ありません。

長編小説

よがり村《むら》

葉月奏太《はづきそうた》

2019年 1月28日　初版第一刷発行
2019年 12月25日　初版第二刷発行

ブックデザイン……………………… 橋元浩明(sowhat.Inc.)

発行人………………………………………… 後藤明信
発行所…………………………………… 株式会社竹書房
〒102-0072　東京都千代田区飯田橋2－7－3
電話　03-3264-1576（代表）
03-3234-6301（編集）
http://www.takeshobo.co.jp
印刷・製本……………………………… 凸版印刷株式会社



ISBN978-4-8019-1736-1　C0193